D0621954

LETRAS MEXICANAS

Sus ojos son fuego

GONZALO SOLTERO

Sus ojos son fuego

FONDO DE CULTURA ECONÓMICA

Primera edición (Ediciones La Rana), 2004
Primera edición en el FCE,   2007

Soltero, Gonzalo
    Sus ojos son fuego / Gonzalo Soltero. – México : FCE, 2007
    165 p. ; 21 × 14 cm – (Colec. Letras Mexicanas)
    ISBN 978-968-16-8266-8

    1. Novela Mexicana 2. Literatura Mexicana - Siglo XXI I. Ser.
II. t.

LC PQ7298   Dewey M863 S839s

Distribución mundial

Comentarios y sugerencias: editorial@fondodeculturaeconomica.com
www.fondodeculturaeconomica.com
Tel. (55) 5227-4672 Fax (55) 5227-4694

 Empresa certificada ISO 9001:2000

Diseño de portada: Paola Álvarez Baldit

D. R. © 2007, Fondo de Cultura Económica
Carretera Picacho-Ajusco, 227; 14738 México, D. F.

Se prohíbe la reproducción total o parcial de esta obra
—incluido el diseño tipográfico y de portada—,
sea cual fuere el medio, electrónico o mecánico,
sin el consentimiento por escrito del editor.

ISBN 978-968-16-8266-8

Impreso en México • *Printed in Mexico*

SUMARIO

A mi Yeya (con una T. P. P.)

Es importante recordar que la biología, a diferencia de la física, no es una ciencia exacta. No tiene leyes ni axiomas, sino que se basa en la observación y en preceptos que conducen a hipótesis, más o menos verificables [...]

CARLOS CHIMAL

*

TAL VEZ no se haya dado cuenta, pero está a punto de incendiarse. La combustión ha comenzado. La ciudad será pasto de las llamas.

Yo tengo que ver. Como siempre en estos casos, tengo que ver. Pero no soy el único.

El fuego comenzó a propagarse en silencio, sin que casi nadie lo notara.

Preparen

12 de septiembre

La dosis le fue inoculada primero a Vicenta, un espécimen de tamaño mediano. Físicamente sólo se hizo notoria en los ojos, hinchados y ligeramente enrojecidos. Apenas le retiré la máscara inoculadora desde atrás de la malla, en lugar de esperar dócil en una esquina se dirigió a Simón, un macho seis kilos mayor.

Según los patrones de conducta registrados desde el comienzo, raramente se buscaban la mirada antes del encuentro sexual. Si sus ojos se topaban, la hembra terminaba por bajar la vista en señal de sumisión. Esta vez Vicenta le sostuvo la mirada al macho. Con dos pasos cortos se acercó para encarar a Simón, quien empezó a manifestar una conducta paralela.

Me aproximé a la jaula de cuatro por dos metros procurando espiarlos por el espejo de aluminio pulido para no inhibirlos. Muy pronto el erizamiento del pelo marrón y el hecho de que sus intenciones eran otras distintas a las de la cópula, se hicieron evidentes.

Por primera vez registro una agresividad tan frontal. Me parece que ahora los resultados traerán algo nuevo. No puedo evitar sonreír. El agente externo que introduje por primera vez ha traído resultados muy diferentes a la rutina de celo, consignada con variaciones tan mínimas en esta bitácora hasta ahora, que a veces más que ciencia me parecía estar haciendo planas. Voy a acercarme más.

El estómago de Adrián era sólido. Nueve años despedazando animales para estudiar la vida lo habían hecho inmune a casi cualquier cosa. Casi. Porque esa noche, en cuanto la dosis les alcanzó el sistema nervioso, ese casi quedó muy lejos del laboratorio y el joven doctor Adrián Ustoria, incapaz de cualquier otra reacción, duplicó la escena en sus pupilas.

Después de haber seguido su conducta durante tanto tiempo, registrando cada detalle en la bitácora, no podía entender un cambio de actitud tan radical. El ajuste que había realizado en la investigación un par de horas antes, más por despecho que por rigor científico, no parecía ser proporcional al resultado obtenido. Dudó un segundo, pero no pudo encontrar ninguna otra causa. Se supo cómplice de lo sucedido, sin imaginar hasta qué grado ni de quién.

Tampoco supo cómo llegó a la solución etílica entre las decenas de frascos que cubrían la repisa, pues sus ojos seguían encadenados a la jaula. De un trago hizo desaparecer el contenido. El ardor que se le deslizó por el cuerpo alivió la opresión visceral que sentía. Con la manga de su bata se limpió los labios. Percibió el rojo viscoso sobre la tela y estudió las manchas hasta que un halo de luz clara comenzó a rodearlas, resaltando el tono carmesí. Parpadeó por primera vez en un largo rato. Dirigió la vista hacia la jaula, pero una ola ácida le nacía en el estómago, resultado quizá de los doscientos mililitros recién ingeridos, o quizá de la escena recién presenciada, que le había dejado la mente en un blanco inmaculado ahora ausente en su laboratorio. Seguía pasmado. Algo, sin embargo, lo hizo quitarse los guantes, enjuagarse la cara, sacarse la bata, que cayó al suelo como desvanecida, guardar su bitácora, salir del instituto y meterse a su coche para buscar un poco más de la solución que había regado las ascuas depositadas en sus entrañas.

En una esquina de la cantina La Asturiana los meseros, cansados y con ganas de liquidar el turno, platicaban en la inercia de los últimos minutos. Las mesas soportaban el peso solitario de las sillas, cuyas patas apuntaban a las lámparas marchitas que colgaban del techo.

Pensativo sobre la barra Adrián conseguía, como siempre, que el orden de las cosas a su alrededor no lo tomara demasiado en cuenta. Usaba camisas blancas y bien planchadas que nunca perdían los dobleces, como si las portara un maniquí. En medio del cuello almidonado crecía su propio cuello, rígido como un lápiz. Aunque era prácticamente imberbe se afeitaba a diario con un cuidado quirúrgico que le hacía destacar la manzana de Adán casi tanto como la nariz, afilada y prominente.

Lo más extraño, pensó, fue la manera como se buscaban los ojos. Vació el ron de su vaso. Un par de hielos tintinearon contra el cristal sin haber tenido tiempo de que se les entibiara la simetría. Abrió su cartera y colocó sobre la barra dos billetes que liquidaban su cuenta y la paciencia del cantinero. No respondió el gesto con que éste lo despidió mientras enjuagaba vasos en la tarja, y salió a la calle de Puebla.

Caminó por la banqueta para llegar a Álvaro Obregón, donde había dejado su coche. El aire del jueves a la primera hora de la madrugada lo hizo tiritar. La noche se imponía con un silencio intranquilo. A pesar del calor que hacía hasta el atardecer, los últimos días del verano enfriaban notoriamente tan pronto oscurecía. Mientras se cerraba el gabán negro juntando las solapas con una mano, con la otra buscaba sus llaves. Prefería llevarlas listas para meterse a su Tsuru cuanto antes y así poder arrancar en el menor tiempo posible.

Como no las hallaba, se recargó en la puerta del automóvil más cercano para registrarse con calma, pero no tuvo tiempo de encontrarlas. Si bien era de noche, todo se puso más oscuro.

Abrió los ojos. Tal vez porque el mismo dolor que lo dejó inconsciente había disminuido como para que su cuerpo lo tolerara despierto. Trató de incorporarse, pero sintió en el cerebro unas garras que le arañaban el fondo del cráneo. Muy despacio, logró sentarse. Un frío afilado se colaba a través de su ropa y se paseaba silencioso sobre su piel erizada. Pasó saliva. Una nueva punzada en el pómulo le hizo notar que veía borroso con el ojo izquierdo. Se llevó la mano a la nuca. El pelo estaba cubierto por una humedad espesa que empezaba a coagularse. Retiró los dedos manchados de un rojo oscuro. Siguió palpándose. La cartera seguía ahí. Su reloj de calculadora estaba a sus pies, destrozado. Salvo por una costilla adolorida parecía que el resto estaba en su lugar. ¿Cuánto tiempo había pasado? No tenía manera de saberlo, sólo el silencio se había hecho más profundo.

¡Mis llaves!, recordó, pero ya no estaban en las bolsas del pantalón. Miró a su alrededor. El coche en el que se había recargado tenía la ventanilla rota. Creyó que habían querido robárselo pensando que era el suyo; empezó a reír, pero el dolor sobre su cabeza lo hizo parar.

Trató de distinguir algo entre los grises opacos de la banqueta y la calle. Por fin distinguió una coladera de la cual, apenas detenidas por la esfera reluciente del llavero, colgaban sus llaves. Gateó hacia ellas y estiró la mano para recogerlas. Cuando sus dedos tocaban los barrotes, notó que algo se movía en el fondo. Retiró la mano de golpe y sus llaves se balancearon, a punto de caer. Se asomó, sin poder ver nada.

Hurgó en su gabán hasta dar con sus pinzas en V. Siempre las llevaba consigo. Además de encontrarlas más útiles que cualquier navaja suiza, le daba cierta seguridad portar un instrumento de laboratorio a todas horas. Tratando de controlar su pulso tembleque, las acercó a la coladera. Erró en el cálculo y su llavero tintineó nuevamente sobre la reja. Adrián sostuvo la mano en el aire, esperando alguna reacción desde abajo.

Nada. Volvió a aproximar la mano. Esta vez logró introducir una de las puntas en la anilla espiral y atraerla hacia sí. Agarró el llavero con la mano derecha y lo sostuvo sobre su estómago, recuperándose de un ligero vértigo. Volvió a atisbar por las rendijas de la coladera. No pudo ver nada, pero se sentía, con razón, vigilado: parecía que comenzaba a presentirme.

La cuadra parecía desierta. Hay que salir de aquí, pensó tratando de acercarse a un poste que tenía cerca. Escuchó las llantas de un carro rodar lentamente por una calle aledaña. Esperó unos segundos y no vio nada. La electricidad de un escalofrío que arrancó centímetros abajo de la herida que sentía en la nuca le dio suficiente energía para ponerse de pie, apoyándose en el poste. Tan rápido como se lo permitía el dolor de cabeza, caminó hasta donde recordaba haber dejado su Tsuru.

Lo vio al otro lado del camellón arbolado. El chasis azul opaco se delineaba como una sombra bajo el brillo meñique del farol de la esquina. Tuvo cuidado de mirar a todos lados antes de acercarse y cruzó con rapidez. Desactivó la alarma, metió la llave e hizo saltar el pasador. Entró y mientras con la mano derecha se sujetaba del bastón, con la izquierda cerraba la puerta y bajaba el seguro. Volvió a mirar alrededor mientras zafaba la barra metálica que inmovilizaba el volante. Enfiló hacia Insurgentes. Un aire cochambroso y frío se filtraba por la ventanilla apenas abierta. Por suerte estaba cerca de su casa. La mayoría de los semáforos se ensañaban con él titilando en ámbar, indicando una precaución tartamuda y tardía. Otros marcaban alto, pero Adrián no estaba para antesalas. Después de esquivar un bache descomunal se pasó una luz roja que destellaba contra la noche palideciente, apretando a un tiempo el acelerador y el esfínter. Los postes de luz lo alumbraban con su haz verdoso al pasar. Una claridad elástica se encendía levemente en las ventanillas y el parabrisas. Dejó atrás la colonia Roma, cruzó la Condesa y entró a sus dominios en la Escandón. Un par de minutos más tarde llegó a su casa en Progreso 66, arriba de la miscelánea La Brisa.

Se estacionó y se dispuso a bajar del coche. Antes de abrir la puerta tuvo cuidado de mirar por los espejos para comprobar que no hubiera nadie. Puso los pies en el suelo buscando hacer tierra contra el mareo doloroso que le mecía la cabeza. Se afianzó con las manos en el borde del asiento. Cerró los ojos. Al abrirlos de nuevo sus párpados se unieron a los cientos de miles que se abrían en ráfagas, como mariposas atontadas cortando el cordón umbilical del sueño para incorporarse a la ciudad con la primera combustión del alba.

Trastabillante como la claridad que lo acompañaba abrió la puerta de su edificio. Las escaleras le parecieron eternas. Entró a su departamento y se dejó caer sobre el sillón individual de la sala. Antes de tocar el tapiz desgastado un sueño pesado, carente de imágenes, lo reclamó para sus dominios.

El teléfono sonó varias veces. Adrián tuvo la sensación de que no era la primera vez, creía haberlo escuchado entre sueños. Buscó la hora en su muñeca. No encontró sino piel, de un tono más cenizo que de costumbre. El dolor que lo acompañaría el resto de la jornada le arañó nuevamente las sienes, amenazando quebrárselas con una presión que lo devolvió al sueño.

Tardó varios minutos en reconocer la figura que reflejaba el espejo.

—Pareces Quico —le dijo al de enfrente.

Quico respondió acercándose más mientras se llevaba una mano al pómulo izquierdo hinchado y tumefacto. Le sacó la lengua. En la parte inferior una diminuta astilla de carne se desprendía flácida y húmeda. Puso la cara de lado y pudo verla desde otro ángulo. Adrián no recordaba ese golpe, pero al despertar también le dolía la mandíbula. Abrió el espejo y tomó un cortaúñas de las repisas que había atrás. Quico colocó las hojas afiladas a unos centímetros de su lengua. Aproximó poco a poco el cortaúñas. Cuando tuvo la distancia medida, hizo clic. Un hilillo rojo comenzó a manarle. Escupió al lavabo y se enjuagó la boca sin evitar el gusto mineral de la sangre. Lo que hasta hace unos momentos era parte de su cuerpo yacía como un batracio inanimado entre las dos hojas del artefacto. Lo contempló unos segundos antes de sacudirlo sobre el excusado, donde nadó hacia el fondo como un ajolote diminuto.

Volvió al espejo. Quico esperaba. Con el jabón hizo un poco de espuma que se colocó sobre el pómulo sobresaliente. Todavía con la mano recorriendo la zona, su vista se clavó en la de Adrián. Sin despegarle los ojos de encima embarró una pequeña brocha hasta sacar espuma y se la untó sobre el rostro. Abrió la navaja de afeitar. Se la puso al cuello en un ángulo de 45° y comenzó a delinearse el perímetro de la cara.

Después hizo a un lado la cortina de plástico blanco. Por costumbre hizo girar la llave del agua caliente. Se desvistió como si su ropa estuviera confeccionada en papel de china y decidió abrir la fría a todo lo que daba. Tomó aire y lo soltó de golpe al pararse bajo el chorro. Una sílaba disecada se le escapó de los labios. Se quedó quieto unos momentos, sintiendo cómo el agua empezaba a disolver la costra que le cubría la nuca. Comenzó a restregarse el tórax y los brazos con cuidado hasta generar un poco de calor. Después tomó la botella de champú, derramó un poco sobre su mano izquierda y se lo aplicó en la cabeza. Se talló con tanta suavidad que parecía no querer despeinarse. La espuma adquirió una tonalidad rosácea. Cuando acabó dejó que el agua se la quitara. Luego abrió la otra llave y sintió el cambio de temperatura en el agua. Tomó el jabón y se lo pasó por el cuerpo, salvo por el lado derecho de las costillas.

Dejó que el agua caliente lo enjuagara y permaneció bajo el chorro durante varios minutos.

Se secó con suavidad y puso la toalla contra la nuca. Aunque ya no sangraba, el dolor de cabeza seguía encima de él como si le hincara los dientes en las sienes, presionando sin morder. Quitó el vapor que cubría el espejo.

—Pinche Quico, ¿sigues ahí?

Salió a la estancia que agrupaba sala y comedor. Se sentó un momento en el mismo sillón donde había pernoctado, el único lugar que se veía libre de la invasión. Aparte de la sala escuálida y la mesa del comedor con una sola silla, los únicos muebles eran anaqueles de pino saturados, que se recargaban contra los muros. Papel en diversos formatos se desperdigaba sobre toda superficie horizontal. Las repisas, los cojines, la mesa e incluso la alfombra café que llevaba meses sin aspirar estaban cubiertos con revistas, libros, cuadernillos y fotocopias al lado de plumas sin tapa.

La pared era una superficie desnuda y blanca excepto por una gráfica donde Adrián comparaba el progreso de sus experimentos. Se levantó y tomó el plumón rojo que utilizaba para trazar los avances de la línea quebrada. Dudó un segundo. Después de lo que había sucedido ayer sabía que la siguiente línea en la gráfica saltaría del pizarrón a la pared, pero no estaba seguro si tocaba ir hacia arriba o hacia abajo. Indeciso, interrumpió la línea con un signo de exclamación.

Puso café. Cargado para él, que lo tomaba cargado. Abrió el refrigerador. Tuvo la escalofriante certeza de que había algo vivo ahí adentro y no precisamente por lo fresco. Tomó el envase de yogur con cuidado, previendo un ataque repentino.

—Caducidad 16 de agosto —miró los taches sobre el calendario y anotó uno nuevo—. Y estamos a 13 de septiembre. ¿Fuiste tú lo que se movió? —le preguntó al yogur con suspicacia y lo arrojó al bote de basura. La principal diferencia entre éste y el refrigerador era que uno estaba un poco más frío—. Si me descuido me forman un sindicato —cerró la puerta lentamente. Tuvo la certeza de que una lechuga lo miraba amenazadora.

Sorbió el café. A cambio recibió una agrura que casi lo hace perder el equilibrio. Decidió reconciliarse con un trago de Melox que fue a buscar al botiquín del baño. Quico lo esperaba con una mirada de desdén. Adrián se la sostuvo y en venganza lo dejó atrapado tras el espejo abierto después de sacar el Melox.

Destapó el frasco, le dio un trago y luego agregó al café lo que calculó como dos cucharadas. Revolvió con el mango de su cepillo de dientes. Aprovechó para tomar dos aspirinas. Se paseó por la sala y cuando terminó el café regresó a la cocina para dejar la taza en la cúspide del fregadero. Miró por el resquicio de la ventana que dejaba libre el montón de platos sucios. Su ojo izquierdo estaba mucho mejor. Creyó ver una sombra moverse sobre la banqueta. Trató de distinguir qué era. Cuando la cola de la rata desapareció tras las rendijas de la coladera como si la alcantarilla sorbiera un fideo malsano, lo asaltó el recuerdo que había estado evadiendo.

Abrió el clóset deprisa. Del rimero en que se apilaban varias camisas bien dobladas tomó una, y para disimular la hinchazón del pómulo se puso su gorra azul. Recogió su gabán y como todos los días antes de salir, primero se asomó por la ventana escrutando la calle. Luego revisó la mirilla de la puerta, comprobó que no hubiera nadie y la abrió de golpe unos cinco centímetros, para volverla a cerrar. Volvió a atisbar, confirmó que el camino siguiera despejado y salió corriendo hacia su coche. Su llavero, que simulaba una esfera de espejos de discoteca, se le zafó de los dedos y cayó por el cubo de la escalera reflejando decenas de Adrianes que bajaban a trompicones los peldaños.

Tan pronto traspasó las puertas giratorias del instituto, sintió que la recepcionista lo miraba con su acostumbrada suma de apetito ninfomaniaco y odio profundo, pero con más de esto último brillándole en la sonrisa encendida.

—Buenas, Herlinda —dijo al pasar junto a ella como si tanteara la contraseña de la que dependía su acceso.

—¿A dónde? —lo detuvo. La contraseña estaba equivocada. Sus ojos se le incrustaban en el pómulo tumefacto. Le pareció que Herli se relamía brevemente antes de seguir. Dictó su sentencia como si no hubiera comido en días y ordenara su plato favorito—. Carrillo mandó decir que quería verlo en cuanto llegara. Le estuvieron hablando.

—Me lo imaginaba —suspiró Adrián—. Nada más voy a dejar mis cosas a mi cubículo y...

—Es urgente. Es por lo de ayer en el laboratorio y si no va directamente se le negará el acceso al instituto.

Adrián no alegó más. Se enfiló hacia la escalera que conducía a la oficina del secretario. Al ascender los primeros diez escalones y salir de la escolta visual de la recepcionista se sintió un poco más ligero, pero tan pronto llegó al primer piso se enfrentó a las secretarias de Carrillo. Lo miraron al mismo tiempo y Adrián quedó encañonado por tres pares de ojos. Siguió avanzando hasta llegar con la que estaba en medio y tejía una chambrita.

—Buenas tardes, Clotilde, vengo a ver al secretario.

—Siéntese, voy a ver si puede atenderlo —le respondió.

Adrián obedeció. Si le hubieran indicado saltar por la ventana se hubiera sentido más cómodo. Las tres se turnaban para mantenerlo en la mira y de paso le visitaban el pómulo, golosas. El único sonido era el monótono tecleo sobre una computadora junto con el cruzar y descruzar de las agujas de tejer. El teléfono sonó un par de veces. Las llamadas eran atendidas con sequedad.

—Si tiene la agenda demasiado ocupada para recibirme, no hay problema, vuelvo otro día.

El encañonamiento simultáneo de sus pupilas lo silenció y sumió en su asiento, inerme. Sonó el teléfono interno. Como si regresara el carrete de una máquina de escribir, Clotilde pasó la lengua despacio sobre el labio superior que relució aún más al anunciarle:

—Es el señor secretario. Que pase.

—Si alguien los hubiera metido en una licuadora el resultado no hubiese sido muy distinto. Su explicación no aclara nada y de acuerdo con los estatutos usted incurrió en una irresponsabilidad patrimonial. Esos animales eran sumamente costosos. Vamos a investigar esto a fondo para ver hasta dónde hay que sancionarlo. Mientras tanto, los fondos para su proyecto quedan suspendidos —sentenció Horacio Carrillo.

—¿Suspendidos? —coreó Adrián con un eco incrédulo. Su manzana de Adán subió y bajó pasando saliva acre—. ¿Cómo suspendidos si ya me los recortaron a principio de año? ¿Cómo espera que siga con mi investigación? —con los recortes presupuestales previos no sólo se había quedado sin fondos para adquirir nuevos especímenes, ni siquiera eran suficientes para mantener a los actuales. Él mismo financiaba la dieta que Fran se encargaba de prepararles, desembolso que le apretaba las quincenas.

—Precisamente —instó el secretario—, por eso lo mandé llamar. Ahora tiene que mostrar mayor interés en recabar fondos externos, algo por lo que siempre ha mostrado desdén —Rólex, como lo apodaba Adrián, ojeó con desprecio el abultado informe que tenía ante sí—. Y la verdad, doctor Ustoria, esto tan raro que estudia usted no es muy atractivo, así que tendrá que trabajar duro. O, como se lo vengo sugiriendo desde que estoy por aquí, cambiar su línea de investigación por algo más rentable.

Hizo desaparecer el respaldo de su sillón de cuero negro

con la envergadura de su espalda y sonrió. Siempre sonreía, pero su sonrisa brillaba más cuando la usaba para despedir a alguien o para anunciar que tal partida estaba agotada. Aunque nunca había dinero en el instituto, a él los anillos de oro le seguían floreciendo en los dedos.

El nuevo reloj sobre su muñeca casi competía con su dentadura. Ésta relució amarilla de nicotina bajo el bigote del mismo tono castaño que el pelo, recortado en forma cuadrada, a longitud militar. Los dientes y el oro contrastaban con sus trajes gris oscuro, que usaba con una camisa del mismo color y corbatas claras. A su alrededor se esparcía el aroma seco de su loción. Era tan penetrante que parecía usarla con el propósito de marcar territorio.

Al igual que en los últimos años, Adrián no hizo caso alguno al comentario. Extrañaba casi con rabia al doctor Morán, el antiguo director. Después de la embolia, Rólex se había abalanzado sobre la dirección interina y desde entonces ocupaba ambas plazas.

—Si espera que los investigadores nos dediquemos a relaciones públicas, ¿cómo quiere que avancemos en nuestros proyectos?

—La ciencia siempre ha atraído inversores —aseguró Rólex, que todavía debía materias en Contaduría—, ya sea por interés en el progreso o por interés económico. Si en vez de estar ensuciando laboratorios usted se dedicara a algo más productivo, seguramente encontraría apoyo. No olvide que se encuentra en un instituto de primer orden a nivel mundial, doctor. Aquí no podemos tolerar la mediocridad en ningún aspecto.

—¿Es todo lo que me tenía que decir? —preguntó Adrián sofocando el calor que le burbujeaba en las entrañas.

—No acostumbramos meternos en la vida privada de la gente que trabaja aquí, por eso no voy a preguntarle por qué hoy su presencia es algo más turbia que de costumbre, pero una cosa más en lo que a mí respecta, doctor Ustoria —dijo Rólex—. Recuerde que para fin de año necesita entregar sus resultados y si no obtiene suficientes puntos, ya sabe lo que corresponde —la sonrisa se quedó encendida, como si Rólex estuviera haciendo *casting* para un anuncio de pasta dental—. La gente de intendencia no ha limpiado el laboratorio. Pensamos que no querría que nadie alterara sus resultados. Hasta luego.

Adrián se levantó y se encaminó a la puerta. El súbito incremento de luz a sus espaldas le dio la certeza de que la sonrisa de Rólex resplandecía a su máxima intensidad. Trató de ignorar la morbosidad lasciva con que las tres secretarias lo aguardaban. Cloti lo miró fijamente. Le estiró a su compañera el estambre que tenía entre las manos, que ésta cortó con sus tijeras como inaugurando oficialmente la carcajada en que prorrumpieron a un tiempo, y que siguió a Adrián mordiéndole las orejas por los pasillos del instituto.

Había decidido pasar primero al laboratorio, pero cuando llegó frente a la puerta se paró en seco. Sostuvo la mano estirada a unos centímetros de la manija, moviendo levemente los dedos. Algo le impedía entrar. El dolor de cabeza se había abalanzado sobre su cráneo con mayor fuerza. Esta vez sintió que además se le enrollaba alrededor del cuello y le exhalaba una sensación caliente sobre la cara que no lo dejaba respirar. Contrajo la mano y decidió buscar a Malula.

Subió con rapidez por las escaleras pateando el borde de los peldaños y el dolor se alejó, pero siguió rondándole los pasos de cerca. Llegó al siguiente piso y dobló a la derecha. Adrián sentía una mezcla de miedo y alegría por la variable introducida el día previo. Aunque catastrófico, el resultado era definitivo. Sabía que le pisaba la cola a algo grande, pero desconocía su magnitud; algo presentía, pero aún no tenía idea de que estaba ante la pista que lo conduciría hasta mí.

Pasó por las ventanas que daban a la cafetería. Estaba ubicada en el piso de abajo, por lo que el techo era altísimo. Que ocupara dos niveles del instituto le parecía a Adrián una necedad, un desperdicio de espacio. Se asomó por uno de los vidrios. Como de costumbre a últimas fechas, estaba desierta. Las lámparas circulares que pendían del techo por un cable largo escanciaban una luz puntual sobre las mesas vacías. Sólo había máquinas de bebidas y de comida chatarra, pero ni siquiera ofreciendo comida caliente se le hubiera quitado ese aire de cafetería de hospital a las tres de la mañana.

Continuó por el pasillo angosto, blanco y con una larga hilera de puertas a derecha e izquierda, idénticas salvo por el número en la pequeña placa de formica. Pasó cinco puertas y se situó frente a la sexta, que decía "101. Dra. M. Maldonado". Dudó un segundo. Habría entrado como siempre sin tocar, pero tal vez seguía enojada por su lance del día anterior. Como fuera, si no se lo comentaba reventaría. Tocó dos veces. Aun sin respuesta, abrió. Como lo suponía, recorría la pantalla de su computadora con la mirada perdida.

—Ahorita te atiendo. Nada más termino de checar mi correo —le dijo sin volverse a verlo y usando el ratón para pasar al siguiente mensaje. Adrián creyó notar cierta indiferencia afectada en su respuesta; no estuvo seguro, a fin de cuentas Malula siempre le marcaba distancia.

—Si le dedicaras el mismo tiempo a tu proyecto que a esa madre ya hubieras descubierto una vacuna antiviral.

—No seas latoso.

—Y tú no seas perdida en el espacio. Date una vuelta y si escuchas algo que te despierte la curiosidad, te espero en mi oficina.

Una vez en su cubículo se quitó el gabán y la gorra. Los colocó en el perchero del que colgaban varias batas y se abrochó una.

Su oficina era una copia al carbón de su departamento, con libros y revistas desordenados sobre toda superficie que pudiera contenerlos. El único adorno era un póster enmarcado de Charles Darwin que le cuidaba las espaldas a Adrián cuando se sentaba a pasar los resultados de sus experimentos. El contraste con el blanco de las paredes dibujaba alrededor del cuadro un aura sacra. Por primera vez en mucho tiempo le sostuvo la mirada con orgullo al retrato, casi con camaradería.

Decidió marcarle a Fran para pedirle algo tan fuera de lo común que el técnico animalero tuvo que preguntar dos veces. Después de colgar, tomó la esfera de espejitos con la mano izquierda y con la derecha la pequeña llave del cajón. Sacó su bitácora con aire ceremonioso. Colocó el cuaderno sobre su escritorio. Además de las fotografías, tablas e impresiones que caracterizan semejantes memorias de investigación, la letra menuda de Adrián cubría la mayoría de las páginas. No sólo consignaba los hechos estudiados en el laboratorio, también le confiaba observaciones personales. Sobre todo en los largos ratos de tedio que se veía obligado a pasar frente a la jaula sin que sucediera nada; le fastidiaba no contar con fondos para contratar ayudantes.

Al hojear las últimas entradas se sonrojó un poco. Después releyó las anotaciones que había dejado a la mitad la noche anterior, y que terminaban antes de que el experimento empezara de verdad:

Voy a acercarme más.

Apretó la pluma entre los dedos y comenzó a garabatear:

13 de septiembre
Al escribir las líneas anteriores presentía que a partir del cambio químico que les suministré los resultados serían diferentes, pero

nunca imaginé a qué grado. Cuando estaba a unos centímetros de la malla metálica quedaron frente a frente. Sigo con la impresión de que todo se disparó mientras parpadeaba, pues en mi siguiente recuerdo ya estaban uno sobre el otro, buscándose la yugular con los dientes, aporreándose la cabeza y tirando de lo que podían agarrar, aullando como si les hubieran derramado un frasco de ácido encima.

Simón trataba de asir el cuello de Vicenta con las dos manos, pero ella logró zafarse y lanzó la cabeza al frente para morder el hocico del macho, quien chilló más alto que antes. Logró liberarse de la presión afilada que se ceñía sobre su rostro sangrante, y respondió con una dentellada entre la cabeza y el músculo trapezoidal de Vicenta. No atinó a la yugular, pero la hembra aulló sangrando abundantemente por la herida y saltó por la jaula intentando alejarse, mientras Simón escupía el trozo de piel que le había arrancado, preparándose para atacar de nuevo.

En parte porque la debilidad no le permitió seguir huyendo y en parte como reflejo defensivo, Vicenta dio media vuelta y se precipitó hacia la caja torácica de Simón, pero le fallaron las fuerzas y aterrizó la mandíbula en el abdomen. La mordida penetró hasta las raíces de los dientes, creando una pequeña explosión de sangre y sustancias más viscosas, seguida por otra tarascada semejante que mascó los intestinos con profundidad considerable.

Con lo que fue su último impulso, Simón se dobló con las mandíbulas abiertas y las trabó sobre la parte inferior de la nuca de Vicenta, quebrándole el nacimiento de la espina dorsal. Quedaron inmóviles, recargados mutuamente en una escultura feroz que el espejo salpicado reflejaba.

Malula abrió la puerta y encontró a Adrián sentado frente a su escritorio, escribiendo.

—A ver, Pecosa, después de tanto dinero gastado en tu educación, ¿nadie te enseñó a tocar la puerta antes de entrar? —reprendió Adrián sin levantar la vista. Soltó la pluma y echó el cuaderno en el cajón. Le indicó con la nariz la silla frente a él. Tomó una botella de vidrio que tenía al lado y vació un chorrito del contenido claro en su taza de café, que revolvió con un movimiento circular de la muñeca.

—No me digas Pecosa, sabes que lo odio —antes de cerrar la puerta se asomó para asegurarse de que nadie la veía entrar—. ¿Y cómo supiste que era yo? —preguntó sentándose.

—¿Quién más podía ser? Tú no le hablas a nadie del instituto y a mí no me habla nadie más que tú. Y lo pecosa no se te quita ni fregándote con esto. Salud —dijo, levantando la taza y su contenido en el que se agitaba un pequeño remolino.

—Te traje los correos que te dije ayer —dijo colocando las hojas de papel sobre el escritorio que los separaba.

Tomó los correos sin mirarlos, extrajo su cuaderno y los intercaló entre las hojas. Notó la curiosidad con que Malula contemplaba su bitácora mientras sacaba una cajetilla de cigarros y un encendedor de piedra. Adrián la devolvió al cajón y la encerró con llave.

—¿Qué no habías dejado de fumar? —dijo estirándose sobre el escritorio para arrebatarle el encendedor, cuya flama se acercaba al extremo del tabaco y bailoteaba reflejada en sus ojos.

—Más o menos, pero ahorita no estoy de humor. Y dame el encendedor, que es un regalo de Richo.

—Menos te lo doy.

Malula se quitó el cigarro de los labios y lo aventó al basurero. Por primera vez se fijó en el pómulo herido.

—¿Qué te pasó? No estabas así cuando entraste a mi cubículo.

—¿Ves cómo esa madre te chupa el cerebro?

—Sólo porque tú eres medio retrógrado no quiere decir que el resto del mundo deba alejarse de las computadoras —leyó la etiqueta de la botella—. Y lo que te va a chupar el cerebro es esa porquería que estás tomando. ¿Y tú desde cuándo, Adrián? Si tú no bebes. No fumas, no comes, no duermes, no nada. A veces dudo que estés vivo. En las prácticas de campo de la carrera había que forzarte a tomar un rompope.

—Porque no me invitaban.

—Porque eras el asistente de Morán y te fascinaba hacerte el genio incomprendido. ¿De dónde sacaste eso?

—Es un preparado especial de Fran. Para celebrar. Etanol puro al 70% para ser mejor asimilado. Mira, hasta me prestó una anforita —dijo Adrián mientras mostraba un recipiente de metal aplanado en curva.

—Celebrar qué, si ya me enteré que tienes el presupuesto amenazado.

—¿Amenazado? Ya me lo suspendieron.

—Y entonces, ¿qué vas a hacer? Con el recorte anterior ya no pudiste comprar más animales. Y los últimos que tenías…

Adrián dio un trago profundo. Luego, de un cajón sacó unos Sugus de uva que ella declinó, y se llevó dos a la boca. Malula lo miraba con insistencia.

—Y en el ojo, qué te pasó. Estás igualito a Quico, pero mariguano. Ve nomás qué ojos traes.

—Qué chistosa. Pues a ti no necesitan asaltarte para que te parezcas a la Chilindrina.

—¿Te asaltaron? Ay, Adrián, a la mejor ayer te echamos la sal por hablar de eso. Mejor ni me cuentes, me da miedo.

Adrián aprovechó que Malula se entretenía en su pómulo para mirarle los ojos que en ese momento le brillaban con un turquesa claro. Sus facciones y su carácter le daban un aire de malicia sonrisueña. Parecía haber surgido de una imaginación infantil que asimilara a la princesa y a su madrastra bruja.

Los ojos, ligeramente rasgados, alternaban combinaciones caprichosas de verde y gris según su estado de ánimo. Las cejas que se alargaban sobre ellos le permitían sonreír o fulminar a alguien con tan sólo enarcarlas. En las mejillas se le esparcía un reguero de lunares diminutos que parecían sincronizarse con el color de sus iris y de un pequeño brillante que sobre la aleta izquierda de la nariz le destellaba tanto como la mirada.

Su pelo era de un negro que al descansar contra la bata irradiaba reflejos azulados. Un mechón ingobernable le bailaba frente a los ojos, sin que ella hiciera el menor esfuerzo por ponerlo en orden con el resto, que se amarraba en una trenza lacia y ceñida; cuando analizaba muestras en el microscopio ésta se le deslizaba a un lado y le dejaba al descubierto el nacimiento de la espalda, donde la primera vértebra sobresalía apenas, como una perla oculta y sin pulir.

Tan blanca era su piel que palidecía bajo el algodón de la bata, que la seguía al caminar como una cauda. A menor distancia la acompañaba el vaivén de su trenza y todavía más de cerca Adrián, observándola hasta perderla de vista cada vez que tenía oportunidad.

Ahora ella le escudriñaba los ojos, inquisitiva.

—Vamos al laboratorio —se adelantó Adrián.

Al acercarse por el corredor se toparon con Nava y Filemón, que salían por la puerta a la que ellos se dirigían.

—¿Qué hacen aquí? —les preguntó Adrián—. Carrillo dijo que no iban a tocar nada —se sintió incómodo. No era nada más porque no le quitaban los ojos del pómulo hinchado. Era la desconfianza que le provocaban los del sindicato cuando se acercaban a sus experimentos. Siempre interferían.

—Si no tocamos nada, doc, sólo vinimos a inventariar los daños —respondió Filemón.

—¿Y dónde está la lista?

—Justo se nos olvidó. Vamos a tener que regresar al rato —dijo Nava.

—Pero Carrillo giró instrucciones de que no lo dejáramos a solas aquí adentro, doc —agregó Filemón.

—No sean así, ya saben que Adrián es medio rarito, pero no es mala gente —intervino Malula sonriendo.

Filemón y Nava la miraron un segundo, relamiéndose, y luego se miraron entre ellos. Adrián se llevó la mano al ojo izquierdo y oprimió con suavidad el párpado. Le pareció que no veía bien los colores, pues la sonrisa les relucía.

—Bueno, pus les damos chance —concedió Nava.

—Y no nos mire feo, doc, sólo porque aquí la doctora sí sabe pedir las cosas bonito.

Adrián juntó suficiente sangre fría para tragarse el nudo de imprecaciones que estuvo a punto de brincarle por la garganta. Tenía que preguntarles.

—¿Vieron algo que pueda ser una pista?

—¿Pista? Se supone que usté es el investigador, ¿no? Pus averígüelo.

—Uy, se ve que todavía anda muy tibio. Pero la verdá, no esperábamos más de usté, doc.

Ambos se alejaron por el pasillo entre risotadas de hiena que les estallaban de los labios colorados.

Apenas habían cruzado el umbral de la puerta Malula giró la cara y se puso muy rígida.

—Esto es horrible. Sácame de aquí.

El resplandor cromado de los instrumentos y algunos muebles parecía fundirse en un mismo tono con la pintura blanca que cubría techo, piso y paredes. Era difícil saber con qué contrastaba más, si con el rojo oscuro que emanaba del centro del laboratorio o con el olor putrefacto que comenzaba a inundar el recinto. El suelo e inclusive el techo habían sido salpicados. En el piso el ir y venir de pisadas daba la impresión de huellas digitales en la escena de un crimen violento. Algunas habían pasado sobre la bata de Adrián, que se asomaba fantasmal desde un rincón. La mesa de trabajo estaba cubierta por una capa semicoagulada y bermellona. Encima, contra la malla de la jaula, yacían irreconocibles. Algunos jirones de carne permanecían sobre los huesos, la mayoría fuera de lugar. Simón y Vicenta, hechos pedazos, se sostenían apenas uno sobre otro.

Adrián guió a Malula hacia la salida, mientras volvía a mirar la escena. Le parecía que algo había cambiado desde el día anterior, como si hubiera menos sangre pero brillara más. Una punzada detrás de los ojos lo distrajo; el dolor de cabeza le rasguñaba las deducciones. Tal vez la luz del día, concluyó abruptamente. Cerró la puerta tras de sí y miró a ambos lados del pasillo para cerciorarse de que Nava y Filemón no siguieran por ahí.

—Lo que pasa es que como tú no ves más que a tus bichitos, ya perdiste el estómago de bióloga. Imagínatelo en vivo —dijo cerrando la puerta—. ¿En qué proyecto de consultoría externa andas ahora?

—En uno confidencial, sabes que no te puedo decir nada y no me trates de cambiar el tema. Adrián, ¿qué pasó? —lo miraba con la autoridad moral que a veces sentía por ser media cabeza más alta.

—No sé —mintió levantando los hombros—. Nunca pasaron de mostrar cierta hostilidad previa en la mirada o en los gestos. Pero ayer se pusieron como locos. Así nomás, de repente.

—No es normal que los patrones de conducta que venías observando desde hace años se disparen "así nomás". La agresión entre miembros de la misma especie es rara. Tienen que estar en condiciones desesperadas. Por fin eso te puede dar una idea de lo mal que están estos animales aquí adentro.

—Hoy no estoy para tus ecologismos, Pecosa —replicó Adrián, y se puso a revisar la bisagra de la puerta.

—Es una irresponsabilidad que ni siquiera tengas la menor

idea de cuál haya sido la causa. ¿Sabes lo que debieron haber sufrido esos animales? Casi apoyo la decisión de Carrillo. Esto raya en la negligencia científica.

Adrián evitaba la mirada de Malula. Extrajo sus pinzas del pantalón y con una de las puntas se cercioró de que los tornillos de la bisagra estuvieran firmes.

—Tienes que dejarme ver tu bitácora de investigación, tal vez ahí podamos encontrar algo.

—¿Por qué crees que la tengo tan bien guardada? —preguntó incómodo. Los tornillos estaban bien ajustados. Comenzó a aflojar uno.

—Porque estás mal de la cabeza. Sigues igual que en la Facultad.

—¿No te la habrá pedido Rólex? —preguntó.

—¿Ves cómo estás mal? Debe ser por lo que haces aquí. Tú sólo miras y anotas, no tienes ninguna evidencia dura, por eso empiezas a derrapar en la fantasía. Y ya deja eso que vas a echarlo a perder —regañó a Adrián dándole un manazo. Adrián levantó la vista fastidiado.

—Darwin no descubrió su teoría de la evolución bajo un microscopio. Fue pura observación.

—Adrián, tú no eres Darwin.

—No se te olvide, Pecosa, todavía nadie supera mi promedio.

—¿Cómo se me va a olvidar si es a lo único que te aferras? Desde que te rechazaron el artículo para *Nature* te volviste un autista. No sales de tu laboratorio. No has publicado nada. Además ni siquiera fue por los resultados, pero nunca aprendiste a exponer objetivamente. Tienes que tomar distancia, quedarte al margen de lo que escribes. Ya es hora de que reacciones, Adrián. Eso le pudo pasar a cualquiera.

—A cualquiera menos a mí —dijo señalándose con las pinzas—. Lo que pasa es que me discriminaron por no estar dentro de las líneas de investigación sajonas.

—Me imagino que por lo menos piensas publicar los resultados algún día. ¿O vas a seguir jugando al genio incomprendido?

—Mira, Pecosa, yo me metí a ciencia para tratar de comprender el universo. ¿Pero a qué se dedica la ciencia hoy en día? A grillar, a entregar informes y a ver qué se publica. Nada más. Yo prefiero trabajar en vez de lambisconear comités. Ya sé que entre mi actitud y Rólex estoy condenado a quedarme estancado aquí para siempre. A menos que descubra algo grande. Y aquí hay algo, puedo intuirlo —dijo apuntando hacia el interior del laboratorio—. No me voy a detener hasta encontrarlo.

Malula abrió la boca, pero Adrián no la dejó hablar.

—Para que un resultado sea el previsto, Pecosa, hay que controlar hasta el mínimo detalle. Por eso tengo que hacer esto solo —en esto último no sabía qué tan lejos estaba de la realidad.

Los ojos de Malula se apagaron en un tono ceniza. Su sonrisa se desvaneció en una línea horizontal casi hostil. Dio media vuelta y echó a andar. Adrián la miró alejarse por el pasillo, con la trenza diciendo que no al ritmo decidido de sus pasos, hasta desaparecer tras una esquina seguida por la estela de su bata. Aguardó con la esperanza de que regresaría. Cuando comprobó que no, pateó la puerta. Uno de los tornillos rebotó contra el suelo y quedó dando vueltas sobre sí mismo.

La cabeza de cada uno colgaba inerte al final del cuello ligeramente extendido. Los brazos inanimados; los ojos grises y muertos. Vicenta tenía heridas profundas en la cabeza, flancos, espalda y extremidades. Sus pies en particular estaban mordidos de mala manera (faltaba un dedo en el izquierdo; en el derecho, varios). Simón incluía una perforación incisiva en el escroto y de una mano le colgaban dos uñas con las respectivas falanges. Las partes corporales faltantes fueron encontradas posteriormente por Fran en el suelo de la jaula experimental.

Con las manos enguantadas en látex blanco, los ademanes de Adrián adquirían un garbo de pantomima. Probó el filo del bisturí antes de comenzar. Una vez satisfecho, lo detuvo un segundo sobre el vientre del primate macho y lo empujó atravesando la piel, con un corte no muy profundo pero impecable que dejó abierta la entrada. Al principio nunca había sangre. Su mano entró por el agujero y comenzó el proceso de revisión. Los intestinos primero, enredándosele entre los guantes de látex como grandes gusanos blancuzcos. Ahora había sangre, pero no fluía. Recordaba más la jalea que se extrae del frasco con la primera cucharada. Cada vez que la mano de Adrián apartaba el contenido de las entrañas, Fran estiraba el cuello para apartar la vista. Si el espécimen había sido alimentado en la víspera había que limpiar más. Fran se tapó la nariz a pesar del cubrebocas, pero la cara de Adrián sólo mostraba concentración mientras trabajaba. Tuvo extremo cuidado con el hígado, brillante y oscuro, y con el pequeño apéndice que le colgaba. Si se rompía, podía escurrir sobre el resto y confundir los resultados. La mano se movió con dificultad dentro de la caja torácica, hasta que los pulmones salieron de un tirón. Abajo, el pequeño corazón yacía inerte y azulado.

—Para la limpieza general sí lo dejo solito, doc —dijo Fran cuando terminaron la autopsia. Sonreía aliviado de poder alejarse del laboratorio. En una bolsa de plástico negro reforzado llevaba los cadáveres de los dos bonobos—. Voy a quemar los restos de los changuitos y luego me voy un rato a mi rincón. Yo creo que le tengo los resultados de los análisis para mañana antes de salir.

Adrián le devolvió una sonrisa desganada. Fue al armario donde estaban los enseres de limpieza, tomó la cubeta y vertió cloro hasta llenar un cuarto de su capacidad. La llevó hasta el fregadero y rellenó el espacio restante con agua. En un intento por quitarse el regusto que pegajoso se empeñaba en cubrirle la campanilla, se aclaró la garganta con un carraspeo largo que comenzó profundo en su faringe, como uno de los cuatro humores que los griegos clásicos distinguían en el cuerpo, y aterrizó sobre la suciedad que cubría el suelo.

Tomándola del asa, levantó la cubeta hasta el borde de la tarja. La apoyó para luego tomarla por la parte de abajo con una mano y lanzar el contenido contra la jaula abierta. Se desprendió un hilillo carmín oscuro que comenzó a fluir hacia la coladera. Empezó a trapear usando su bata ensangrentada como jerga.

—No manche, parece carnicero, doc —bromeó Fran que iba de salida, con sus cosas bajo el brazo. Adrián llevaba los pantalones mojados hasta las pantorrillas y la bata arremangada a la altura de los antebrazos, cubierta de lamparones bordados de materia orgánica.

—Vengo por roedores —ordenó Adrián secamente. Fran dejó de sonreír.

—Ahí sí no puedo ayudarlo. De entrada las ratitas no son su área, pero además el secretario administrativo giró órdenes de que no se le diera ningún animal y bien sabe que Filemón lleva los inventarios. Ya ve, con eso de que últimamente le ha dado por escabecharse a los especímenes.

—Ajá, y los otros investigadores se los llevan como mascotas, ¿o qué?

—No, doc, pero usted sabe cómo son acá las cosas. Si Carrillo dice no, es no. Y ahorita que me acuerdo, no se haga, todavía le queda Álex.

Adrián suspiró. Era fácil que Fran se pusiera a la defensiva. Como no se llevaba con el resto de los sindicalizados le hacían la vida difícil. Trató de relajarlo.

—No seas así, Fran. Ya sabes cómo se las trae Carrillo conmigo. Sólo necesito dos. El instituto ya está vacío y nadie se va a enterar. Como tú, lo único que quiero es que me dejen trabajar en paz.

Después de contemplar a Adrián un momento el encargado accedió.

—Ta bueno. Sólo porque usté les financiaba la dieta a los difuntos —desapareció tras el mostrador y regresó al poco tiempo con una pequeña jaula cubierta—. Pero conste, nomás aquí, bajita la tenaza y con una condición extra.

—Dime.

—Que mañana me traiga el *Así pasó* de esta semana.

—Hecho. Ahora nomás pásame a las dientonas.

Después de agradecerlas dio media vuelta y se enfiló hacia el laboratorio. Mientras caminaba miró la caja de plástico transparente que llevaba en las manos cubierta por una franela negra. Levantó la vista y atisbó por las ventanas. Una sombra espesa cubría al instituto prácticamente abandonado. La noche se filtraba por las ventanas formando el silencio denso y frío que sólo las suelas de Adrián interrumpían.

Sus pisadas espantaban las partículas de polvo que se posaban sobre el piso. Una luz insalubre manaba de los focos de neón a través de las pantallas de acrílico. Las lámparas emitían un leve zumbar que revoloteaba en el aire, enrarecido como su dolor de cabeza que aumentaba de nuevo. Esos rectángulos blancos sobre el techo formaban una hilera que a lo largo del pasillo se alineaba con las paredes y el suelo, rematando la perspectiva en un último cuadrado diminuto. Adrián sintió que a cada paso el instituto se le achicaba encima.

Al ver de lejos la puerta se hurgó los bolsillos con torpeza para encontrar sus llaves. Las paredes siguieron ajustándose. Cuando por fin abrió percibía la pintura blanca presionando contra la tela de su bata. Cerró la puerta empujándola con la espalda, seguro de que al otro lado algo se cerraba chasqueante. ¿Comenzaba a presentirme?

Se quedó de pie hasta recuperar el ritmo cardiaco. Dejó la caja sobre la mesa de trabajo. Extrajo su bitácora de entre la espalda y el pantalón donde la ocultaba por seguridad cuando la sacaba de su cubículo. Comenzó a anotar.

13 de septiembre

La introducción de la variable química externa produjo una reacción en Simón y Vicenta que excedió mis expectativas. Ante la imposibilidad de conseguir más ejemplares de Bonobo pan paniscus *pasaré a modificar, una vez más, la manera de llevar a cabo los experimentos, en esta ocasión en lo relativo a los especímenes utilizados. Semejantes variaciones dejan en claro que esta investigación ha mudado de su objetivo original; no tendría sentido ante la carencia de primates, pero ante todo resulta primordial proseguir por esta nueva ruta, pues aunque incierta puede llevar mucho más lejos que la investigación inicial.*

Las ratas permanecieron inmóviles cuando Adrián retiró la franela negra que cubría su jaula. La complexión albina relumbró ante el golpe de luz. Ambos ejemplares abrían los ojos rosas tanto como lo permitían sus órbitas, sin comprender la claridad que las rodeaba.

Extrajo un nuevo par de guantes de látex de una caja idéntica en forma y dimensiones a una de pañuelos desechables. Se los colocó cuidando que estuvieran bien ajustados y sin roturas. Sacó del pantalón sus pinzas y, tomándolas por las puntas, las metió por la escotilla de acceso para empujar a un roedor en el costado. Se balanceó ligeramente, pero aparte de eso no tuvo otra reacción.

Luego cubrió los guantes de caucho blanco con los de carnaza. Tomó a una de las dos, la rata A, que movió los bigotes ante el contacto. Adrián sintió un escalofrío. Introdujo al roedor dentro de la jaula experimental y ajustó la máscara inoculadora. Decidió probar con una vigésima parte de la dosis que utilizó la noche anterior. Abrió la válvula y se retiró lo más que pudo sin perderla de vista. La mezcla fluía al cerebro. Esperó varios minutos. La rata A siguió en su mismo lugar.

Decidió aumentar la dosis a la mitad del total. Pasó un rato largo y la rata siguió impávida. Administró la dosis entera que le había inoculado a los simios. Nada aún. Con cuidado extremo metió la mano enguantada a la caja y sacó a la otra, la rata B, que se dejó hacer. Le colocó el equipo necesario, la metió junto a la otra y le igualó la dosis. Se alejó unos pasos sin despegarles la vista.

El cronómetro marcaba cuatro minutos. Adrián había vuelto a la mesa de observación. Sentía el cansancio caerle a plomo. Contrario a sus expectativas y a pesar de haber seguido paso a paso el método realizado el jueves, no pasaba nada. A los 12 minutos la rata A empezó a contonearse. Las oscilaciones aumentaron. Pasó a convertirse en un temblor suave y casi rítmico acompañado de estertores y espasmos.

A los 17 minutos la rata B mostró los mismos efectos. Diez minutos más tarde los dos pequeños cuerpos yacían inertes sobre el suelo de la jaula. Adrián se acercó despacio, verificando que no hubiera el menor movimiento. Con los guantes puestos metió nuevamente las pinzas y movió los especímenes con la parte roma. Intentó con las puntas. Adrián sentía que las ideas en su cabeza se encontraban en un estado semejante a esas dos porciones de materia blancuzca que comenzaban a entiesarse frente a sus ojos enrojecidos. Se los talló y tragó la saliva pastosa que segregaba desde la mañana. Tenía hambre. Recordó que sólo había comido los Sugus.

La desilusión del experimento agudizó la claustrofobia que le empezaba a producir tanto blanco. Necesitaba salir del instituto. Para cumplirle a Fran tomó a las ratas pescándolas de la cola con las pinzas y las puso dentro del anonimato crujiente de una bolsa de plástico que sacó del armario. Apenas lo había hecho cuando la luz aumentó de intensidad un segundo para después disolverse en un punto claro, que ocupó el centro de su visión unos instantes y comenzó a achicarse hasta desaparecer.

—¡No mamen, no es posible! ¡Otra vez! —sabía qué esperar a continuación. Adrián cerró los ojos.

Los abrió y se vio sumergido en sombras. Sus ojos se acostumbraron a ellas rápidamente gracias a la luz de un farol de la calle que se filtraba por la ventana. Lo primero que hizo fue guardarse la bitácora contra la espalda. A continuación caminó tan rápido como pudo evitando los muebles, salió del laboratorio, siguió por el pasillo y tomó las escaleras al final de las cuales se veía luz. Al bajar detectó a uno de los trabajadores apagando los interruptores del instituto.

El sindicalizado lo vio acercarse. No dijo nada y siguió con lo que hacía.

—¡Otra vez! Es la segunda vez en esta semana que me apaga la luz cuando estoy trabajando —le dijo Adrián cuando llegó a unos pasos, conteniendo mal su furia.

—Pues es su culpa, porque éstas ya no son horas.

—¿Cómo que ya no son horas? Éste es un instituto de investigación, aquí se hace ciencia y para la ciencia no hay horas.

—Pues este instituto está sindicalizado —lo interrumpió—. Lo importante son los derechos de los trabajadores y yo ya me voy a dormir. Vea nomás los ojerones que traigo —y jalando la piel bajo los ojos se le acercó, con el malva oscuro de las ojeras subrayando el rojo vidrioso de su mirada.

—Pero se supone que es el velador —quiso rebatir Adrián, dando un paso atrás.

—¿Y a poco quiere que pase toda la noche despierto? No,

doctor, ahí le dejo abierto por si quiere prender, pero no se tarde —se chupó el labio inferior— porque lo voy a buscar.

Miró cómo el velador terminaba de apagar las luces entre risas. Luego se dirigió hacia la entrada del instituto, donde pernoctaba tras el escritorio de Herlinda. Adrián prendió todas las luces del piso de arriba a manotazos.

Subió a su cubículo. Se talló los ojos y buscó humedecer la sed acumulada sobre la lengua pastosa con otro Sugus. El apagón y el velador le habían quitado las ganas de trabajar, así que agarró sus cosas y se dispuso a salir. Abrió su escritorio. Sacó el anforita y después de rellenarla la guardó en la bolsa trasera del pantalón, donde resaltaba a pesar de no tener presión en contra. Giró sobre su silla y encendió la lámpara de mesa para asentar las reacciones de las ratas. Sacó su bitácora, escribió con mayor síntesis que de costumbre y la encerró. Se acordó de su promesa a Fran, así que antes de salir pasó al laboratorio por la bolsa de plástico con los cadáveres.

—Le dije que apagara. Le voy a pasar un oficio al secretario de que está malgastando los recursos —farfulló encolerizado el velador cuando lo escuchó acercarse a la salida dejando las luces encendidas.

Adrián metió una mano en la bolsa de plástico, agarró una rata por la cola y la aventó tras el escritorio de donde había salido la voz. Salió envuelto en su propia risa, que lo protegió de las mentadas de madre que lo siguieron hasta su coche.

El trayecto, a pesar de corto, lo había dejado tenso y de malas. El ruido de frenos y neumáticos chirriando y escapes carraspeando bajo una llovizna ligera, le hicieron sentir que el asfalto se había vuelto líquido y hervía. El brillo húmedo que los postes de luz esparcían sobre los automóviles los hacía ver como una manada de bestias acuáticas que hubiese encallado. La mala sincronización de los altos sobre Avenida Universidad, que había visto cambiar de color tres veces antes de poder pasar, le había desgastado aún más los nervios.

Cuando llegó a la glorieta y se disponía a tomar Miguel Ángel de Quevedo sintió un ligero alivio, pero un Chevy rojo que venía en el carril de la izquierda se le metió —lámina de por medio precedida de un claxonazo y seguido de una mirada vil— varándolo en su rabia impotente durante un cambio de luces más. Cuando finalmente pudo virar a la derecha le pareció que los dos coyotes de bronce que retozaban sobre el pasto de la glorieta se burlaban de él desde su inmovilidad cobriza. Una ciudad de depredadores, pensó.

Caminó por la plaza de Coyoacán. En la mano apretaba con fuerza la bolsa de plástico blanco que se bamboleaba ligeramente con su andar. El tráfico había sido tan estático que ni siquiera había podido aventarla y ahora la paseaba a su lado esperando una oportunidad. Los botes de basura se negaban a recibir el paquete. Estaban saturados y su pésimo diseño evitaba el cupo de cualquier despojo. Se sentía vulnerable sin la coraza de su coche y no dejaba de mirar desconfiado a todos lados, mientras buscaba un lugar para comer. A pesar de la hora las calles mantenían una algarabía que aumentaba al llegar al Jardín Centenario. No se decidía a dónde entrar; los bares y restaurantes estaban ocupados por grupos numerosos, al igual que la plaza.

Algunos de los establecimientos que atendían afuera ya habían cerrado. Sus mesas permanecían sobre la plaza. Las sombrillas que durante el día protegían del sol a los comensales estaban plegadas, como si se marchitaran al anochecer. Los relieves bajo la holgura de sus pliegues daban la impresión de que cada una mantenía a alguien cautivo, amarrado y amordazado bajo la lona.

Cruzó transversalmente entre las jardineras de piedra que alojaban laberintos de arbustos. Al pasar frente a la fuente de los coyotes se detuvo un momento. Era la segunda vez en la noche que se topaba con ellos. Estaba encendida. Entre la luz blanca que los iluminaba desde abajo y los chorros de agua que los bañaban, resplandecían, pero no por eso dejaban de acecharlo.

Continuó hasta el costado contrario, donde edificios y locales comerciales anunciaban sus servicios en letras negras sobre fondo blanco. A lo largo del corredor, una docena de artesanos exhibían ropa, música pirata, bisutería y embustes de madera y piel en mantas extendidas sobre el suelo. Pensó en tomarse un helado en La Siberia, pero necesitaba algo más sustancioso.

Se sentó a descansar en una de las jardineras mientras decidía a dónde dirigirse. Contempló los adoquines rosados del suelo, luego levantó la vista a la iglesia de San Juan Bautista, que se levantaba al otro lado de la calle. El edificio de piedra parecía sereno en medio de tanta agitación. NONESTHICALIVDNISI UMBRORUM IGNUM DEINDE PORTACALIGO alcanzó a leer que pregonaba el frontón en grandes caracteres latinos. *Alea jacta est,* bromeó para sí Adrián, recordando sus lecturas de infancia.

Escuchó un pequeño ruido a sus espaldas. Se volvió para ver cómo detrás de él, en medio de uno de los senderos definidos con matorral, una rata inmensa y gris se paraba en las dos patas traseras para olfatearlo con fruición. Se levantó de un salto y cruzó Carrillo Puerto sin fijarse. Sintió el aire de la lámina blanca del pesero a punto de arrollarlo.

—¡Fíjate, güey! —le gritó el conductor después de haber acelerado al verlo enfrente.

Pensó que tal vez el roedor había olfateado lo que llevaba en la bolsa de plástico. Tenía que deshacerse de eso lo antes posible. La cruz de piedra señaló el punto donde Adrián se detuvo a considerar el café de chinos que estaba junto a la zapatería, pero la luz mortecina que iluminaba el pan dulce tras los aparadores lo disuadió. Siguió andando en zigzag por Plaza Hidalgo según el curso que le marcaba el flujo de gente.

Se decidió por el mercado de Higuera, aunque estuviera siempre lleno. Apenas pudo distinguir los puestos de comida entre la cantidad de cabezas que abarrotaban el lugar. El olor a garnacha impregnaba el aire y las láminas del techo, dándoles cierta consistencia oleaginosa que incrementaba la sensación de gentío. En medio de la fricción y el calor parecía que la masa de las fritangas y la humana se cocinaban en el mismo perol. Grupos de personas esperaban apeñuscadas ante los puestos más populares, aguardando que terminaran de comer los que estaban sentados.

Empujó su camino a los pozoles de en medio. Conforme se acercaba, el olor que desprendían la carne de cerdo y los granos de maíz entre los hervores de la olla descomunal le penetró las narinas con violencia, le derritió la boca, bajó por sus pulmones y al llegar a su estómago dio un tirón más en aquella dirección. Dio el siguiente paso con la boca hecha agua y empujó el hombro de una chamarra café que estaba enfrente. Al mismo tiempo machucó sin delicadeza el pie de la chica a su lado, que como un pedal activó la voz nasal que le reclamó:

—¡Fíjate dónde pisas, baboso!

De la chamarra de cuero café talla extragrande brotó un rostro mal encarado sobre un cuello de proporciones similares, y luego un brazo que le dio un empujón en el pecho.

—¿Pus que estás ciego, o qué, güey?

La aglomeración de gente no le permitió recuperar el equilibrio y tropezó. Estiró las manos hacia atrás para amortiguar la caída, dejando caer la bolsa de plástico que dio un pequeño rebote.

—¿Qué no viste cómo me faltó el respeto? ¿Por qué no le pegaste?

—Porque no quiero que nadie se me meta —dijo mientras ocupaba nuevamente su lugar—. Y tú fórmate y cállate.

Adrián se levantó silenciosamente y agarró la bolsa de plástico. Despacio se acercó lo más que pudo y se puso en cuclillas mientras la pareja revisaba el nivel en los platos de quienes los precedían. Adrián tomó la bolsa por una de las asas y por la esquina contraria, dejando que el contenido se deslizara por su propio peso. Cuando sintió que estaba a punto de salir, dio un muñequeo que sirvió como trampolín y lanzó el pequeño cadáver hacia adelante, atinando al centro de los hervores.

Dio media vuelta, se incorporó y comenzó a empujar para salir del mercado. Cuando calculó que estaba a punto de salir de su campo auditivo se despidió con un cordial "Provechito", que la pareja escuchó sin entender mientras el roedor nadaba en círculos hacia el fondo del perol.

Había decidido tomar para sus rumbos y pelear con su refrigerador mutante antes que seguir lidiando con la multitud. Depositó el equivalente a una hora de salario mínimo en la mano del chavo que movía un trapo y condujo hasta desembocar en Río Churubusco. Las arterias viales se encontraban saturadas por un tránsito que, con el lento transcurrir de los neumáticos, parecía querer devolverle la tersura a la epidermis cacariza del asfalto. Después de librar la lámina de una combi por una distancia milimétrica, que le hubiera sido difícil lograr con los instrumentos de alta precisión del instituto, pudo colarse al desnivel y tomar la salida a Tlalpan.

La calzada era un tobogán lleno de foquitos estáticos y siempre encendidos, que de vez en cuando se apagaban para avanzar un par de metros. Cuarenta minutos después el Tsuru de Adrián seguía incrustado sobre el carril izquierdo, el cual desmentía su supuesta alta velocidad con un progreso tan lento que las estaciones de la línea azul del metro parecían rebasarlo en sentido contrario. Dos convoyes de vagones anaranjados lo dejaron atrás en lo que él todavía no terminaba de pasar Metro Xola.

Al otro lado del alambrado en el centro de la avenida se alcanzaban a ver edificios de departamentos, oficinas, tiendas. Los anuncios espectaculares se extendían como una epidemia que tachaba el horizonte con excoriaciones coloridas, enraizando la contaminación del aire a la tierra. El mismo hotel, con el nombre en letras de neón y entrada discreta por una calle lateral se repetía cada tanto. Esa línea quebrada de contornos sombríos parecía marcar el pulso agónico de la ciudad en horas pico.

La hilera irregular de negocios y casas se desdibujó tras la franja anaranjada del metro en movimiento. Aunque nunca se interesó demasiado por la flora, su formación de biólogo lo hizo fijarse en la vegetación que se integraba a esa penumbra. Árboles apenas presentes, desteñidos, mimetizados con el entorno grisáceo y concreto del que formaban parte. Árboles truncos como muñones cercenados en pleno gesto obsceno. En los círculos de su tronco reproducían la espiral de su deterioro y el de la ciudad, cada línea curva una imprecación por lo que fueron y podrían ser.

Tres destellos seguidos le devolvieron la atención al retrovisor. La secuencia de luces se repitió. Adrián miró la fila de coches que se alargaba frente a él y suspiró. Por tercera vez, las descargas blancas se reflejaron en el espejo.

Está bien, está bien, murmuró de mala gana mientras ponía la direccional y esperaba a que hubiera suficiente espacio a la derecha para cambiarse de carril. Demoró unos segundos pero no impidió que los cambios de luces visitaran el retrovisor de Adrián una vez más.

Qué desesperadito, musitó mientras terminaba de alinearse a la derecha. El siguiente segundo lo utilizó en decidir si iba a encarar o no la mirada hostil y obligatoria que acompaña dichos trámites viales. Tan pronto alineó su gran nariz con la clavícula izquierda, un par de ojos claros lo fulminaron bajo las cejas afinadas con delineador.

. El flujo en el carril de Adrián adelantó un poco y rompió la tensión visual. Unos segundos después el orden de las largas filas de automóviles lo volvió a emparejar con el vehículo con prisa, una Cherokee negra. Tal vez porque estar prisionero en el tráfico no ofrece demasiadas opciones, ambos esperaban atentos la sincronización de sus ventanillas.

Adrián hizo su mejor intento por barrerla. Comenzó con la vista en el pelo rubio y el rostro con poco pero impecable maquillaje. Mientras bajaba las pupilas lentamente, el coche de enfrente frenó y él apenas alcanzó a hacer lo mismo. Cuando volvió a la señora, ésta reía secamente con la espalda muy derecha. Suficiente por hoy, pensó Adrián. Para que no quedara duda abrió la ventanilla, sacó el brazo y se la mentó.

Los músculos faciales de la mujer se tensaron. Incluso su peinado, apenas salido del salón hacía unas horas, pareció compactarse en una pieza. Los coches frente a Adrián avanzaron más. Ahora era él quien reía y pensó que sería el último en hacerlo. Sentía que la reacción recién conseguida lo reivindicaba de todo lo que había pasado en las últimas 24 horas, como si ese acto de crueldad jubilosa lo borrara todo. A pesar suyo incluso comprendió ciertas actitudes del sindicato.

No tuvo tiempo de seguir degustando su momento de gloria pues sin que pudiera entender de dónde venía, un bloque negro se le incrustó enfrente. Adrián apenas pudo librar la embestida de la Cherokee, no así la del dolor de cabeza que volvió a atacarlo. Tuvo que invadir el siguiente carril con un movimiento semejante. El Audi que venía a su lado dio un enfrenón mientras pitaba el claxon. El Stratus detrás de él se detuvo a unos centímetros con un chirrido de llantas, pero el auto subsecuente no tuvo tiempo de frenar y menos el de más atrás, con lo que se formó una carambola de coches que automáticamente le sumó una hora y media a cualquier recorrido que pasara por la calzada de sur a norte.

Los conductores bajaron y dos de ellos comenzaron a empujarse, cosa que Adrián no vio porque buscaba a la Cherokee en su espejo lateral. La señora aprovechó la ausencia de vehículos que había provocado el choque para colocarse atrás de él. Sabía que su Tsuru no podía competir contra la potencia de la camioneta que se le acercaba. Tengo que salir de aquí pronto, pensó, y el Viaducto era la única alternativa inmediata.

El tráfico ahora fluía más, pero ya tenía a la señora encima. La dama le echaba las luces como si se tratara de un estroboscopio, y al mismo tiempo acortaba los centímetros entre su defensa y la del Atlantic. Adrián vio su oportunidad. Más adelante se encontraba la salida del Metro Viaducto. Una aglomeración de peseros y taxis esperaban pasaje afuera. Frente a ellos se abría un espacio y poco más adelante estaba la salida. Sólo tenía que cambiar de carril en el último momento para que la señora no pudiera seguirlo, y al tomar Viaducto todo estaría bien.

Adrián dejó de pisar el acelerador un momento para luego presionarlo con más fuerza. Conocía su coche y esperaba que así el viejo motor pudiera tomar un respiro y luego dar su mejor esfuerzo. Forzó la máquina del Tsuru y éste se cimbró pero no fue por velocidad propia. La señora parecía haber decidido algo semejante e impactó su carrocería contra él. Como no traía puesto el cinturón la frente de Adrián rebotó contra el parabrisas, que se cuarteó en el sitio del impacto. Sacudió la cabeza para evitar que el atontamiento se le fijara y alcanzó a ver cómo la salida a Viaducto quedaba atrás.

Miró fugazmente a su alrededor. El tráfico se disgregaba frente a él. Al otro lado de la calle la línea de sombras se deslizaba cada vez más rápido. El pulso de la ciudad se aceleraba ligado al suyo. Los edificios huían despavoridos y deseó regresar con ellos al instituto, donde a pesar de todo se sentía seguro.

Por el retrovisor pudo ver a la dama. Cierto rubor encendido hacía que el rostro, el cuello y los hombros descubiertos le resplandecieran. Su determinación al volante le desnudaba unos dientes blanquísimos. Adrián recordó ligeramente los últimos momentos de Vicenta al mismo tiempo que la imagen se agrandaba en el espejo.

Para eludir el empuje de la camioneta pasó al último carril hacia la derecha; la Cherokee se colocó paralela a su lado. De nuevo su ventanilla se emparejó con la de ella. Adrián la miró casi con candidez, celebrando su última maniobra. La conductora le devolvió la sonrisa y sin alterar el gesto se lanzó sobre el costado izquierdo del Tsuru, forzándolo hacia la derecha.

Por más que Adrián intentó mantener el volante firme su coche se precipitó hacia la rampa acebrada que subía el tránsito del Eje Tres a Tlalpan. Rebotó con fuerza contra el muro de contención a su derecha. El ruido de la lámina arañándose en el concreto se prolongó en el raspón con el muro de la izquierda, que lo ayudó a estabilizarse. Trató de frenar, pero se coleó de nuevo y temió voltearse, así que aceleró para estabilizarlo. Esta vez fue Adrián quien puso las altas, aun sabiendo que si venía coche sería inútil.

Las franjas blancas y negras se sucedían a sus lados a una velocidad que le causaba un vértigo hipnótico. Ante la inminencia de una direccional que desde abajo apuntaba a la rampa, pisó con más fuerza el acelerador. Trató de controlar el vahído que le produjo confirmar que las luces de adelante estaban cada vez más cerca y a punto de estrellársele. Tan pronto sintió que sus llantas se nivelaban con el Eje, viró de golpe librando por una distancia mínima al coche que estaba a punto de subir. Derrapó, pero pudo recuperar el control sin colisionar.

Nuevamente, Adrián se vio capturado por la lentitud del tráfico que saturaba el Eje Tres y le colocaba un sinfín de faros en el retrovisor. En cada par de luces veía otro conductor desbocado. El dolor lo agobiaba más que nunca, como si le asfixiara el cerebro con su presión afilada. Con un dedo que buceó holgado bajo la prominente manzana de Adán, se separó la camisa del cuello para respirar mejor. Los faros se multiplicaban y cada vez los veía más cerca. Divisó una calle a la derecha, en el otro extremo del Eje. Giró el volante en esa dirección, dejando una estela de enfrenones en la diagonal de su paso.

Tres coches se metieron detrás de él. Un callejón oscuro y estrecho a la izquierda fue su siguiente movimiento, que las muñecas llevaron a cabo protestando, rígidas de tensión. La esquina que dobló a continuación arrojó un solo automóvil a sus espejos.

Dos vueltas a una glorieta y una esquina después halló, por fin, el consuelo de una oscuridad parcial en sus espejos. Después de comprobar la ausencia de cualquier cosa que se moviera, apartó la vista del retrovisor por más de tres segundos en un largo rato. Entonces se dio cuenta de que no tenía la menor idea de dónde estaba.

Circulaba despacio. Las calles se alineaban con casas de una y dos plantas con paredes de tabicón o cemento que en el techo mostraban varillas desnudas y castillos sin terminar. Zaguanes de lámina de colores se sucedían del negro al azul, al verde, al marrón oxidado. Alguno que otro árbol crecía canijo y huraño sobre la banqueta. Adrián se sobresaltó cuando apareció un coche y luego otro pero no pudo cambiar la velocidad. Lo rebasaron pronto, pero no lo dejaron más tranquilo. Siguió adelante, buscando algo que le permitiese precisar la colonia donde estaba. La Buenos Aires o la Doctores, dijo, como un doctor que se autodiagnostica cáncer.

Aunque había estado por la zona varias veces para comer

tacos de barbacoa en el Mercado Hidalgo, en la penumbra todo cambiaba y Adrián sentía una respiración jadeante en la parte trasera del cuello. Sabía que cuanto antes saliera de ahí mejor, pero el coche avanzaba a una lentitud necia, como si hubiera gastado toda su velocidad en la persecución y ahora lo detuviera una tensión que parecía robarle impulso con cada metro que recorría.

Un coche comenzó a seguirlo. Un auto compacto rojo que se mantenía a una distancia constante. La calle que recorría lo enfrentó a un semáforo. Le tocó el comienzo del verde y pudo seguir derecho. Alcanzó a ver a su izquierda un auto solitario que amortiguaba la inercia sobre el pavimento ante el alto y la irrupción de dos tipos, uno a cada lado del vehículo, que con armas cortas encañonaban a los pasajeros blancos de miedo.

Aceleró. Por fin encontró la motivación para hacer descender el pedal. Tras el siguiente semáforo su calle se convertía en un puente de concreto que cruzaba por encima una avenida más grande. A la mitad del puente su pie tuvo que saltar al freno porque un modelo setentero color vino se le cerró en sentido contrario. El coche rojo que lo seguía se detuvo a unos centímetros de su defensa. Con una sincronía perfecta, de cada uno de los dos coches descendió el copiloto y comenzaron a caminar hacia él. Adrián se quedó paralizado, atenazando el volante.

Un tercer carro, blanco y con tumbaburros, también se detuvo emparejándose con el Tsuru de Adrián. Los dos ahora transeúntes escudriñaron con recelo al Spirit blanco y a sus tres tripulantes, y luego cruzaron una mirada rápida. Apuntaron al parabrisas con la misma sincronización perfecta con que se habían bajado de sus autos.

Uno de los tripulantes del Spirit salió despacio, indicando calma con la palma de la mano izquierda, la derecha oculta tras la puerta.

—Nadie se mueva.

Como respuesta, el piloto del compacto rojo asomó con un revólver de cañón largo.

—¿Qué no saben con quién se meten? —gritó con voz áspera otro del Spirit al bajarse y enseñó una placa que lanzó un destello dorado. Adrián vio al tercer agente desaparecer bajo el asiento trasero buscando algo. La tensión que se había tejido en segundos se desgarró con la primera detonación.

Los balazos siguieron el ritmo frenético de la taquicardia que le rebotaba a Adrián en el cuerpo. Desesperado, se disponía a abrir su puerta y echar a correr directo al fuego. No tenía la menor oportunidad. Y yo no podía perderlo justo ahora. Antes de que su pulso tembloroso lograra abrir la otra manija, hice que la puerta del copiloto se abriera. El dolor que se cebaba sobre su cabeza desde la noche anterior desapareció de golpe, como si se alejara volando. Quedamos frente a frente por primera vez.

—Por acá. Descuélgate por el puente.

Adrián permaneció inmóvil. No tenía por qué confiar en mí, pero el fuego se incrementaba a su alrededor. Le dolían los músculos engarrotados por un exceso de adrenalina y ácido láctico. Una descarga más estruendosa se escuchaba cada tanto. Después de arrancar un gemido que se prolongaba en silencio hacía decrecer el intercambio de plomo. Continuó pasmado hasta que un impacto le reventó el parabrisas. Se encogió cubriéndose la cabeza con las manos y miró a su derecha. El camino parecía libre, frente a él aparecía la gruesa valla amarilla de contención que limitaba los costados del puente. Salió a rastras, raspándose las manos contra la banqueta. Siguió hasta abrazar uno de los postes de concreto que se erguía sobre el borde del concreto. Abajo pudo ver la otra avenida. Más allá, le pareció distinguir la calzada de San Antonio Abad. Si la alcanzaba podría salir de ésta.

Decidió descolgarse a pesar de la altura. Con todas sus fuerzas tomó el poste entre sus brazos y se giró para que los pies salieran primero. Quedó frente a una escena que le pareció ajena, como extraída de un noticiario sensacionalista. Sus piernas se balancearon en el vacío. Escuchó una última detonación y luego nada. Se dejó caer.

La altura fue suficiente para enviarlo de cuclillas al tomar tierra y que sus bíceps golpearan contra sus rótulas. Se levantó sacudiendo los brazos acalambrados por el golpe. Aguzó el oído pero no percibió otros ruidos aparte del tránsito vial. La ausencia de tiros le dio la certeza de que el próximo lo tendría a él como blanco: podía sentir la oscilación de pisadas tras sus huellas. Alzó los brazos rogando a los coches que venían en su dirección que pararan. Ninguno disminuyó la velocidad.

Distinguió una pirámide que iluminaba pobremente la palabra TAXI. Conforme se acercaba, un rostro apareció en la penumbra del interior. Sonrió al ver la cara de Adrián, que trataba de cotejar los números negros sobre la carrocería con los de la placa, pero el Volkswagen sedán circulaba sin registro.

Adrián sintió el peso de una mira sobre su nuca. Miró hacia arriba pero nadie le apuntaba desde ahí. Todavía. El taxi se detuvo a su lado. La puerta se abrió. Desesperado intentó distinguir otro taxi entre los coches que venían. Ninguno. Era éste o permanecer en la calle.

No acababa de colocar el cuerpo sobre el asiento cuando el chofer jaló el mecate amarrado a la bracera de la puerta y arrancó. Automáticamente, la mano de Adrián se dirigió al seguro, con el que jugueteó inútilmente sin poder bajarlo.

—No se preocupe, jefe. Está arreglado y no abre desde afuera.

Buscó la mirada del chofer por el retrovisor. Sus ojillos lodosos pasaban de Adrián al camino que se desenvolvía al frente.

—¿Adónde?

—Al centro —respondió Adrián mientras discretamente se llevaba las manos a los bolsillos.

—¿Pero al centro a dónde?

—Déjame en el Zócalo.

Un semáforo los vigilaba con su ojo verde a 300 metros y acercándose. Metió las manos en el pantalón donde sus dedos buscaron con apuro. Finalmente encontró sus pinzas de punta en la bolsa derecha. Las sostuvo contra su pierna. Creyó reconocer las proximidades de La Merced. Miró cómo un pequeño perro grisáceo se escurría a un almacén por la abertura que dejaba una puerta de lámina. Le pareció que el taxista perdía velocidad frente al siga, que guiñó en amarillo. Lanzando el brazo al frente le puso las puntas contra el cuello.

—Pásatelo o te agujero.

El taxista obedeció y pasó de largo, violentando el primer segundo en rojo. Adrián atisbó alrededor y vio en la esquina dos siluetas rojizas bajo la luz del alto.

—Qué onda, mai, no sea gandalla. Nunca recojo a nadie donde me hizo la parada. Sólo lo hice porque tenía cara de que algo le había pasado.

—Me pasó y no me vuelve a pasar, por lo menos contigo —la mano de Adrián mantenía la presión de las pinzas sobre el cuello. Puso la vista fija en el espejo para vigilar al mismo tiempo si alguien los seguía y los movimientos del taxista, que bajó la mirada al toparse con Adrián en el retrovisor.

—Agarra por donde no haya altos —ordenó empujando las pinzas y afilando la mirada sobre las pupilas ligeramente dilatadas del chofer que rehuía su reflejo.

—Lo que usté diga, pero no vaya a picarme.

—Cállate y maneja.

—No sea manchado. ¿Yo qué le hice? Yo lo saqué de ahí —dijo el taxista tomando una curva.

—Para atracarme. ¿Por qué no traes placa?

—Porque están en una lanota —la última sílaba le salió acompañada de un gallo.

—Vete más rápido. ¿Quién quieres que nos alcance?

—Nadie patrón, por ésta —juró besando la señal de la cruz.

Si me iba a asaltar, tenía que ser en un alto, pensó. Probablemente el primero que nos pasamos. No puede tener cómplices en cada semáforo. La mente de Adrián desmenuzaba posibilidades con rapidez. Comprobó por el espejo que nadie los seguía.

—Tengo familia, jefe.

—Coopera y al rato vas a estar con ellos.

Siguieron avanzando por varias calles. El taxista sudaba. Aparte del miedo que sentía parecía esforzarse por despejar mentalmente la ruta que lo liberara lo antes posible. Adrián miró atrás para corroborar que nadie los siguiera. Cuando devolvió la vista al frente entroncaron con Pino Suárez, donde había un tráfico muy ligero.

—Aquí —decretó Adrián frente a la primera estación de metro con el mismo nombre.

El taxi frenó en seco. Adrián saboreó la pausa de tensión pura que siguió. El taxista, tembloroso, evitaba el retrovisor. Sólo su propio reflejo lo desafiaba a los ojos, sonriente. El pómulo seguía ligeramente hinchado, pero alguien muy distinto a Quico le sostenía la mirada desde el espejo.

—¡Bájate! —ordenó al taxista, quien con nerviosismo abrió la puerta y echó a correr al metro, saltándose los tragaboletos.

Adrián divisó el Zócalo al final de la avenida. Se sentó ante el volante pasando por encima del freno de mano, la palanca de velocidades y el sentido de la calle. Condujo hasta desembocar en la Plaza de la Constitución, donde los edificios coloniales de piedra crecían contra la noche como recién trazados con un crayón ocre. Detuvo el coche en el primer rincón que pudo, mal estacionado sobre la banqueta. Bajó del taxi pensando que necesitaba caminar para calmarse, y echó a andar sin saber a dónde.

El primer cuadro se veía sombrío, sólo a medio alumbrar por las luces de Palacio Nacional y el destello de la Catedral iluminada. Cierta actividad burbujeaba como a fuego lento, sin que pudiera determinar de dónde venía. Una retahíla de campanadas acompasó su caminar incierto. Las farolas esparcidas por la plaza emitían un resplandor cansino desde el filamento de sus bujías. Tres camiones de redilas descargaban tubos a un costado del edificio de Gobierno del D. F. Una hilera de gradas confeccionadas con tablones sobre andamios de aluminio delineaba la Plaza Mayor. Sólo el costado de Palacio Nacional quedaba libre.

La solidez con que los bloques del piso recibían sus pasos lo tranquilizaron poco a poco. Sobre el asta descomunal se notaba la ausencia de la bandera nacional, arriada unas horas antes. El mástil blanco se perdía contra la grisura opaca de la noche, como si la bandera estuviera todavía ahí, tras la contaminación que la engullía. Frente a él la Catedral Metropolitana aparecía gigantesca, proyectando sus torres sepias hacia el cielo como una súplica de auxilio. Hincado a su izquierda, el Sagrario.

Rumiaba lo acontecido en el trayecto cuando la actividad sobre la plaza, inusual para esas horas, llamó su atención. Circuló entre puestos de garnachas esparcidos a su alrededor, sin que hubiera tanta gente como para justificar su presencia.

—¿Qué le damos, joven? —le preguntó un vendedor que cuidaba un carrito con tres grandes ollas cilíndricas. Adrián aspiró profundamente y notó que el olor a tamales lo había hecho detenerse. Las tripas le gruñeron.

—¿Tienes tortas?

—No, sólo en las mañanas.

—Bueno, igual dame uno de rajas.

—Cómo no, aquí tiene —dijo el tamalero desenvolviendo el bulto de masa humeante sobre un plato de unicel.

—¿Cuánto es? —preguntó Adrián hurgándose los bolsillos para encontrar cambio.

—Cinco varitos. ¿Va a querer atole? Tenemos de arroz.

—Dame uno —miró alrededor y señaló con su tenedor de plástico—. ¿Oiga, y por qué hay tantos puestos?

—Pus por el Grito —el tamalero le sirvió el atole mientras lo miraba con suspicacia—. ¿Qué? ¿Es usté turista?

—No, pero se me había olvidado. Dame otro, pero ahora verde. ¿Y por qué están aquí desde ahorita? El Grito es hasta pasado mañana.

—Pus nos mandan desde hoy para alcanzar buen lugar.

—¿Se quedan a dormir?

—Sí, no hay de otra.

—¿Y a poco la mercancía les dura tanto?

—No, ¿cómo cree? Los dueños vienen a fiscalizarnos y a traer más.

—Pues suerte.

—¿Qué? ¿No va a venir?

—No creo, no me gusta el gentío.

—Anímese. Por acá lo esperamos. Se pone bien.

Al volverse, a Adrián le pareció ver destellos que le recordaron la llama multiplicada de los encendedores en un concierto y algo como una sombra que reptaba en la base de las gradas. ¿Eran veladoras alrededor de la plaza? No pudo distinguirlo claramente, pero el movimiento se mantuvo. Era como si el asfalto se desprendiera en pequeños bloques que corrían reptando a unos centímetros del pavimento, perdiéndose en el mismo gris uniforme de su materia. Sintió un escalofrío y para apagarlo sacó el anforita del bolsillo trasero del pantalón, desenroscó la tapa y apuró un trago. No pudo resistir la curiosidad y caminó hacia la base de la animación.

Los semáforos en el cruce de esa esquina palpitaban con un rojo intermitente. Grandes macetas circulares pintadas de blanco se alineaban sobre la calle, como protegiendo los establecimientos comerciales del antiguo Parián. Al pie de las gradas notó mayor intensidad.

Cuando estuvo tan sólo a unos cuantos metros se paró en seco, a pesar de no desear más que salir de ahí cuanto antes. Ratas. Había por lo menos decenas. Tragó saliva y se puso a caminar hacia donde la valla de tubos y madera se abría para dejar paso al entronque de Madero. Los músculos del cuello se le contrajeron. Se sentía vigilado. Apuró el paso y a grandes trancos cruzó los carriles vacíos que lo separaban de la otra acera. Adrián pisó las flechas blancas que se aplastaban contra el asfalto como queriendo indicarle algo. Llegó a guarecerse bajo los arcos que antecedían a las joyerías. Cuando estuvo bajo ellos se sintió un poco más seguro y cobró suficiente valor para inspeccionar otra vez.

El movimiento seguía, apenas perceptible pero constante, como la respiración de alguien que duerme un sueño intranquilo. Luciérnagas color sangre volaban en pares al ras del suelo. Dio un paso atrás. Retrocedió hasta que el estruendo de su cuerpo contra la cortina de lámina de Sombreros Tardán lo frenó. Algo se movió tan cerca de él que lo paralizó donde estaba. Distinguió un bulto cubierto de harapos. Era un teporocho que yacía inmóvil en el capullo de trapos y cobijas raídas que componían su atuendo y su cama.

Se secó el sudor de la frente con pulso tembloroso. Los harapos se estremecieron con el mismo murmullo intranquilo que recorría las gradas. Decidió recurrir a la preparación de Fran. Cuando estaba a punto de echarse un trago entre los labios el amasijo de trapos se convulsionó como si estuviera relleno de pólvora. En medio de bramidos lastimeros, el mendigo se levantó mientras agitaba los brazos como un murciélago inmenso desesperado por huir. Se tambaleó aullante en dirección a un Adrián pávido, incapaz de ningún movimiento salvo el de las órbitas de sus ojos. Siguió acercándose como para absorberlo en sus entrañas de trapo. Cuando lo tuvo casi encima, Adrián atinó a darle un empujón que derramó la preparación de Fran sobre la tela, que se derrumbó sobre el suelo como un paracaídas.

El teporocho se quedó tumbado, quieto. Adrián se acercó con prudencia. Vislumbró un mechón de cabello oscuro. Luego aparecieron los ojos inertes y muy abiertos mirando al cielo, la nariz hinchada y roja que parecía buscar aire. Adrián dio otro paso más y algo que no esperaba apareció en su campo de visión. Una rata masticando la mejilla del mendigo, como un rumiante diminuto mascando una yerba de savia enervante. Al sentir su cercanía detuvo las fauces y mostrando los dientes manchados levantó la cabeza para examinarlo. Adrián reconoció la candela que había visto lamiendo la estructura de las gradas. Un chillido agudísimo le heló la sangre, como si la rata riera. Buscó desesperado en las bolsas del pantalón, donde encontró el encendedor de Malula. Rascó la piedra una, dos, tres veces y acercó la lumbre a los harapos. Un flamazo naranja abrasó al bulto e iluminó la acera de piedra. Varios chillidos similares emergieron de los andrajos y cuatro o cinco ratas salieron corriendo. Cuando venció la impresión, Adrián se quitó el gabán y lo azotó sobre el teporocho para extinguir el fuego.

—¡Levántese! —le gritaba Adrián moviéndolo con violencia. El fuego comenzó a menguar, asomándose entre las ropas hasta desaparecer por completo—. ¡Ayuda! —gritó en dirección a los puestos de comida, pero parecía que no hubieran visto ni alcanzaran a escucharlo.

—Si lo dejo aquí, se lo van a terminar de merendar —musitó. Le pareció que pequeñas llamas se reagrupaban bajo las gradas—. Pero si me quedo no tardan en venir por mí.

Miró nuevamente el rostro del mendigo. No se movía ni había ninguna expresión sobre la piel ensangrentada. Lentamente acercó la palma de la mano a sus labios y nariz sin percibir ningún rastro de aliento.

—No es que lo quiera muerto, don, pero si parpadea me cago.

Se arrodilló para ver si le podía distinguir las pupilas. Adrián tragó saliva, algo que el teporocho nunca volvería a hacer. Se aproximó más y un calambre de dolor lo recorrió de la punta de la nariz a la nuca. Cayó sentado mientras maldecía y un sabor metálico se le inyectaba en el paladar. Vio los ojillos que resplandecían entre la tela por un pequeño orificio. Luego siguió el sonido semejante a una carcajada. Adrián se incorporó y pateó el bulto. Retrocedió con rapidez ante un gañido más amenazador. Creyó oír una especie de respuesta del otro lado de la calle. Las rendijas de luz se estremecieron dentro de los harapos, pero no avanzaron más. Esperó y se acercó de nuevo con cautela, pendiente de cualquier movimiento. Estiró el pie y volvió a empujar a la rata desde arriba, que dio varios tirones sin poder destrabarse.

Al comprobar su inmovilidad, estudió la situación más de cerca. Estaba atrapada por varios pliegues de trapo. La expresión de Adrián floreció en una sonrisa casi tan intensa como la ferocidad de los ojos ratoniles. Aproximó las manos a la rata, que se contoneó y chilló. Adrián estaba de nuevo en su elemento, y arrodillado recogía con paciencia los trozos de cobija que la detenían, hasta zafarla. Sujetó a la rata con los brazos estirados, cuidando no aflojar la presión. Con un pie empujó su gabán para cubrir al mendigo. La agitación entre sus manos reflejaba la que se aglutinaba a unos metros de él. Podían atacar en cualquier momento.

Miró al teporocho en silencio durante un instante, como despidiéndose, y caminó aprisa por la banqueta en dirección al taxi, evitando acercarse a la plaza o mirarla. Ahora que tenía un rehén se suponía seguro, pero no quería que interpretaran ninguno de sus movimientos como una provocación.

Apretó el bulto contra la ventana mientras abría la puerta derecha. Intentó meter el paquete en la guantera, pero era demasiado grande y no consiguió hacerlo encajar. Hurgó en el interior con una mano, mientras con la otra presionaba el fardo contra el asiento trasero. Descartó algunas herramientas hasta encontrar una cinta canela.

Con varias capas de cinta aseguró la prisión de la rata y luego la afianzó al suelo, atándola al freno de mano. Lo único que sobresalía era el rabo, como una flecha que apuntaba hacia abajo. Comprobó la firmeza del amarre y rodeó el coche evitando fisgar la plaza. Sin dejar de vigilar el bulto encendió el motor. Una vez en movimiento, Adrián arriesgó un vistazo por el retrovisor. Las flamas lo escudriñaban febriles, como mechas encendidas a punto de llegar a la carga.

A punto

TAN pronto traspasó las puertas giratorias del instituto, sintió que Herlinda lo miraba con la acostumbrada suma de apetito ninfomaniaco y odio profundo, pero esta vez además le trazó una línea irregular que partió de su cara, se detuvo un momento sobre lo que su mano derecha sostenía y luego se le colgó en la espalda, pues Adrián siguió de largo sin volverse a verla, sin saludar y sin darle tiempo de que le preguntara qué le había pasado en la nariz, o por qué empuñaba una lonchera de aluminio asegurada con alambre.

Caminó sin preocuparse con quién se cruzaba, pues sabía perdido el saludo de sus colegas. Lo primero que hizo fue bajar a dejarle el *Así Pasó* a Fran. Como no estaba dejó el ejemplar sobre su mesa de trabajo. De cualquier forma tendría que verlo más tarde para buscar los resultados de la autopsia. Pagada la deuda, subió los dos pisos que lo separaban de su oficina. Sólo se detuvo ante la puerta de Malula. Tocó. No hubo respuesta. Abrió y se asomó. La computadora estaba prendida y al lado una taza de café desprendía una línea de humo que se elevaba como desperezándose. Garabateó un recado en el bloc de notas adheribles y lo pegó sobre la pantalla. "Estaré en el laboratorio. Algo nuevo. Adrián."

Entró a su cubículo. Puso la lonchera sobre el escritorio con delicadeza. Se sentó y miró la caja de metal un segundo. Sacó sus llaves y abrió el cajón donde guardaba su bitácora, que colocó frente a él. Tomó uno de los bolígrafos que estaban desperdigados por la mesa. Abrió el desgastado cuaderno y pasó las hojas hasta llegar al primer espacio en blanco, puso la fecha y comenzó a escribir apresuradamente con una caligrafía hilada con trazos limpios.

14 de septiembre
A pesar del resultado poco alentador obtenido ayer con el cambio de especies, he decidido perseverar por esa ruta. En el siguiente experimento introduciré un ejemplar de roedor (Rattus norvegicus, no Mus mus musculus), *que para identificación y fines de esta bitácora llamaremos Miguelito.*

Sintió ganas de ir al baño y salió al pasillo. Cuando cerraba con llave pudo ver la cauda de la bata de Malula desapareciendo en su cubículo. Adrián volvió a abrir su puerta y tomó la lonchera con presteza y sumo cuidado. Caminó hasta colocarse a un costado de la puerta de Malula. Dio dos toquidos pequeños.

—Tengo algo que enseñarte —dijo casi musicalmente, estirando la mano que empuñaba el asa. La lonchera apareció poco a poco. El brazo siguió como jalando a Adrián hasta centrarlo en medio del marco de la puerta.

Malula y Rólex compartían la misma expresión divertida.

—Déjeme adivinar: ¿que hoy trajo torta, doctor Ustoria? —comentó Rólex sentado en una silla al lado de Malula.

—Algo así —respondió Adrián con una frialdad gangosa debido a la gasa que le cubría la nariz. Miró a Malula todavía ruborizado—. Si te interesa, búscame en el laboratorio.

Caminó de vuelta a su cubículo con rapidez, maldiciendo mientras oprimía la lonchera bajo el brazo. Atrancó la puerta y salió deprisa con rumbo a su animalárium.

Sobre la mesa, su bitácora quedó abierta. Abierta también,

la ventana. Afuera una ráfaga de viento se enrarecía, un pequeño remolino tomando fuerza. Una vez adentro, revuelve las
páginas con violencia, altera la secuencia de este manuscrito,
de los papeles que tiene intercalados, y al hacerlo, termina de
inmiscuirme por completo.

9 de febrero

*Y luego está la manera en que se despide de él por teléfono: pas-
ma los labios apretados ante la bocina, sólo un segundo y sin sonreír,
antes de colgar. Sus ojos permanecen silenciosos. Los veo llenarse de
un gozo más auténtico cuando prende su computadora por las
mañanas al llegar, ansiosa de leer esos estúpidos correos electrónicos.
No puedo imaginarlo a él como no puedo imaginarlos juntos. Richo.
Con ese nombre despreciable no puede ser sino un ser despreciable.
Tan sólo pensar en que le tome la mano me produce náuseas.*

*"Ya vete a tu casa, Adrián", me ha susurrado un par de veces al
cruzarnos en el pasillo cuando ella va rumbo a su coche y yo al laboratorio. Alguna vez fue tan cruel como para decirme "Consíguete
una novia, Adrián". Desde mi ventana puedo verla recorrer la breve
pasarela de concreto que va de las puertas giratorias al estacionamiento. A veces voltea y me sonríe. Pero la mayoría de las veces sigue
derecho, aunque sabe que la miro. Porque sabe que la miro. Qué otra
explicación si no puede haber a las señas que me envía como despe-
dida y que no tengo el coraje de acatar. Cada día observo fijamente
sus manos mientras se marcha. Se mecen como una botella en el
mar cuyo mensaje está escrito sólo para mí. La curva de sus dedos
balanceándose en el aire me llama para que me decida a alcanzar-
la, pero no lo hago y la botella desaparece, se pierde en la marea; se
aleja como si fuera una trapecista que en el aire se extiende, queda
a unos centímetros sin que yo pueda tocarla y luego desaparece. Por
eso cada día entre semana, cuando comienza a atardecer, me des-
plomo a un vacío sin red.*

A las últimas lluvias del verano siguieron una serie de consecuencias que nadie esperaba. Al principio, las calles de la ciudad comenzaron a ceder. En años anteriores no era raro que algún bache descomunal se abriera en el Periférico o que el suelo cediera bajo colonias mal ubicadas sobre cerros porosos o antiguas minas. Pero en esta ocasión era de una frecuencia anormal toparse con enormes boquetes que se abrían hambrientos de la noche al día, dispuestos a tragarse a cualquier peatón distraído o a dañar la suspensión de conductores carentes de la pericia para el volantazo puntual. El único remedio que se improvisó en algunos barrios como una prevención generalmente infructuosa fueron ramas y escobas que salían de las cavidades, semejantes a lenguas viperinas y áridas. De uno de los agujeros más pequeños asomó el hocico una rata. Olfateó el aire. Todo parecía estar listo.

Adrián caminó con la lonchera bajo el brazo, apretándola contra sí como si fuera un jugador de *rugby* procurando conservar el balón. Al doblar la esquina del pasillo hacia su laboratorio se topó, nariz con parche, con Malula. Desde sus ojeras resaltadas por el pómulo todavía hinchado la miró con un reproche suspicaz. En contraste, Malula le respondió con una sonrisa candorosa que sintonizaba sus pupilas en el mismo color oscuro de sus pecas y del pelo recogido en la trenza.

—¿Ya me vas a decir qué traes ahí?

—No —Adrián trató de controlar su rencor y señaló la puerta del cubículo 101—. ¿Qué hacía ese mono en tu cubículo?

—Hablando de monos, ¿ya supiste por qué se suicidaron tus changuitos?

—No se suicidaron, se mataron entre ellos.

—¿Y cómo sabes que no fue un pacto suicida? —se empeñó Malula.

—No digas tonterías. ¿Qué hacía Rólex ahí? Yo te pregunté primero.

—Entonces te toca responder primero —rebatió Malula cantarina.

—Olvídalo —respondió Adrián empujándola levemente con el hombro para seguir derecho.

Aunque el momento en que sus batas se tocaron duró menos de un segundo, notó a través del algodón el tono firme de la piel de Malula. El perfume que se desprendía de su cuello penetró la gasa, se le enredó en la nariz durante el trayecto hasta el laboratorio, le cosquilleó los pulmones, se quedó ahí un momento largo, como si le diera el golpe, y se disparó a su flujo sanguíneo. Hasta ahora nunca se le había acercado tanto; involuntariamente menguó la presión sobre el metal.

Read Mail
Subject:
    Fwd: RV: RV: Secuestros... (fwd)
Date:
    Wed, 10:03:06 PST

REPLY | REPLY ALL | FORWARD

                                    Previous | Next | Done

\> >
\> >
\> > ¡Mucho cuidado! ¿Por qué?
\> > De acuerdo con información recibida a través
\> > de correo electrónico sobre
\> > "Secuestros Express" nos informaron que existe
\> > una banda de aproximadamente 200 ex judiciales, que
\> > en grupos de 3 coches y de 10
\> > hombres se dedican a secuestrar a gente que va
\> > sola en las noches
\> > (después de las 21:00 hrs), por la zona
\> > de Bosques de las Lomas, Polanco,

> > Lomas, La Herradura y el Pedregal.

> >

> > ¿Cómo operan?

> > Le cierran el paso al coche por adelante y por

> > detrás, amenazan con

> > pistolas a la persona y la suben en la parte

> > trasera de su coche para

> > allí

> > golpearla y torturarla psicológica y físicamente,

> > a fin de sacarle toda

> > la

> > información sobre su familia, sus recursos y hasta

> > sobre las joyas y

> > relojes que pudieran exigir.

> >

> > ¿Cómo podemos protegernos?

> > Permanece alerta, no te distraigas pensando

> > en otra cosa que no sea el

> > camino, la conducción del vehículo y los alrededores.

> > Al entrar al vehículo, cierra las puertas con

> > seguro y manténlas así

> > hasta

> > que te bajes del mismo.

> > Mantén las ventanillas cerradas, si quieres obtener

> > ventilación no las

> > bajes más de 5 cm.

> > Evita circular solo en horas de poca luz.

> > Varía la hora de partida y las rutas que tomes.

> > Conduce lo más cerca que puedas de la línea

> > divisoria central, de

> > manera

> > que el vehículo no pueda ser forzado a orillarse.

> > En los altos, manténte a una distancia prudente

> > del vehículo que te

>> preceda y ten tu vehículo en posición de arranque.

>> Usa vehículos que no llamen la atención.

>> Lleva contigo sólo la tarjeta de crédito que vayas a usar y

>> apréndete

>> tu

>> NIP.

>> Quita las fotos de tu familia y tus datos personales

>> de la cartera.

>> No uses joyas ostentosas.

>> Lleva sólo el dinero necesario.

>>

>>

>> Por otra parte...

>> Actualmente existen seudocompañías de marketing

>> que se están

>> comunicando

>> a casas u oficinas ofreciendo solicitudes de diversas

>> "tarjetas de

>> crédito",

>> esto en algunos casos es muy peligroso ya que

>> puede ser la táctica para un

>> secuestro o un asalto.

>>

>> ¿Cómo operan?

>> Es muy sencillo obtener teléfonos y nombres de personas,

>> así como también

>> conseguir solicitudes para tarjetas de crédito. El peligro

>> está en la

>> serie

>> de datos que piden como fotostáticas, mismas que

>> supuestamente recogerá un

>> mensajero de la empresa. Los datos que piden son:

>> comprobante de domicilio,

> > comprobante de ingresos,

> > identificación con fotografía.

> > Con estos datos ya saben dónde trabajas, dónde

> > vives, cuánto ganas y

> > hasta

> > te ubican físicamente por la identificación con foto

> > que diste, así como

> > a

> > tu pareja, por lo que ya saben aproximadamente cuánto

> > pueden pedir de

> > rescate o en asalto.

> >

> > ¿Cómo evitarlo?

> > No des ningún dato por teléfono, sea quien sea.

> > Pide a tu secretaria, sirvienta, compañeros de oficina,

> > familiares y

> > amigos que no den ningún dato tuyo y que no te mencionen

> > como referencia

> > para que te llamen.

> > Si piensas solicitar una tarjeta de crédito,

> > acude directamente a una

> > institución bancaria seria y de preferencia con

> > algún ejecutivo conocido

> > o

> > recomendado por alguien.

> >

> > Preocupados por estas situaciones y a efecto

> > de reducir los riesgos,

> > deseamos hacer de su conocimiento estas

> > medidas de prevención.

> >

> > Atentamente

> >

> > Filemón Guzmán del Corral

> > Gerente de Seguridad Industrial

> >

> >

>

> --

> FREE ADVICE FROM REAL PEOPLE! Ultrix has thousands of experts who

> are willing to answer your questions for FREE. Go to Ultrix

> > today and

> put your mind to rest.

> http://www.ultrix.com/1/769/4/_/234593/_/948739612/

>

>— Check out your group's private Chat room

> >

> Get Your Private, Free Email at _ Flymaster

REPLY | REPLY ALL | FORWARD

Siguió derecho hacia el laboratorio. Entró sólo para depositar la lonchera sobre la mesa de trabajo y después de cerrar salió al animalárium. Pulsó la combinación sobre la consola de seguridad que lo separaba de su último bonobo. No permitía que nadie más entrara ahí, a pesar de tener que hacer él mismo ciertas labores de limpieza. Fran había instalado una cerradura digital para custodiar este depósito de animales. Al abrir la puerta se encontró frente a Álex, que lo miraba en silencio como si lo esperara. La jaula especialmente diseñada para simios se veía inmensa y desolada con un solo primate como inquilino. Tenía capacidad para 22, pero lo más que albergó fueron 11.

Cuando el doctor Morán tomó la dirección del instituto, de entre sus alumnos sólo reclutó a Adrián para trabajar con él. Le comisionó el único proyecto que involucraba monos antropoides y, como una apuesta a su potencial científico, le había conseguido este almacén para que tuvieran las condiciones ideales. Pero después llegó Rólex. Adrián a veces sentía que la única misión del secretario era hacerle imposible la vida.

El espacio no era tan profundo, pero ocupaba la altura de dos pisos. Hacia arriba remataba con un tragaluz que hacía la habitación rica en sol la mayor parte del año. En el interior algunas instalaciones colgantes permitían a los bonobos distraerse un poco y mantenerse en forma, además de fomentar ciertas pautas sociales que caracterizaban a los grupos que vivían en estado natural. Aunque ninguno de los que se hospedaron ahí conoció otra vegetación que las verduras de su dieta, se descolgaban de las cuerdas y demás juegos con una destreza admirable. Álex no. Ni siquiera cuando el grupo había sido numeroso. Generalmente se sentaba tranquilo en el hueco de una llanta que servía de columpio y desde ahí lo observaba todo. Así lo encontró Adrián al abrir la puerta.

—Te llegó la hora, chango feo —lo saludó Adrián, sin poder evitar cierta tristeza en el comentario. El chimpancé pigmeo frunció los labios y la cicatriz que tenía en el labio inferior lució más, dándole la misma expresión meditativa que adoptaba siempre que Adrián se dirigía a él—. Si no experimento contigo ahorita, van a querer expropiarte.

Álex volvió a hacer el mismo gesto con los labios, como pensando profundamente las palabras. Emitió un suspiro que hinchó sus fosas nasales sobre el pequeño hocico chato. Aunque sabía que en este caso las precauciones eran innecesarias, Adrián se colocó los guantes de látex cuidando que cada dedo recorriera su conducto blanco hasta el fondo. Luego se puso los de carnaza encima, que le hacían los dedos más torpes pero lo protegían contra mordidas y el consiguiente riesgo de contagio. Álex abrazó a Adrián cuando éste lo sacó de la jaula y así caminaron hasta el laboratorio.

16 de abril

Te llamo a mi lado, Pecosa, y a la vez que te paso la mano despacio por el cuello te murmuro que es ridículo creer en el amor. Estudiaste durante siete años las sustancias que lo componen y sabes que tan sólo se trata de engranajes biológicos. Conoces la dehidroepiandosterona, de la cual tenemos en el cuerpo más que de cualquier otra hormona y todas las sexuales de ésta se derivan. Si de memoria puedes recitar que las feromonas son las señales sexuales que se transmiten a través del olor. Que la oxitocina es esa especie de pegamento biológico que mantiene juntas a ciertas especies y se estimula por el tacto. Y si agarrara tu mano en este momento no podrías evitar que tu nivel se incrementara y te uniría más a mí y si en cien años caminamos juntos, la palma de tu mano cosquilleará con el deseo de juntarse con la mía. No puedes negar que la pasión se acciona a nivel molecular en la feniletilamina, la molécula del amor, semejante a una anfetamina en el flujo sanguíneo de los amantes. Cuando el nivel fluctuase sólo te tranquilizaría mantenerme así de cerca y perderías hambre sólo de respirarme. Al bajar los niveles de la serotonina te excitas y tu animosidad se transmite de una terminación nerviosa a otra y a otra y, así, a todas, hasta que entras en celo: la dopamina, el afrodisiaco más fuerte que puede haber dentro; el estrógeno, que te pertenece a ti como a nadie, y te hace serme tan atractiva, fluye de forma inaudita y necesitas a alguien en tus brazos y quieres ser penetrada; la testosterona y su chispa que nos enciende y nos lleva a buscar el dominio, a querer más y más dispara el deseo. ¿Qué podemos tener tú y yo en común? Todo, todo lo anterior, toda esta lava biológica que finalmente estalla y se extingue en prolactina, que te hace buscar mi calor y acurrucarte a mi lado.

Entrar fue fácil. Los albañiles que trabajaban reparando el baño habían dejado la coladera sin atornillar cuando salieron a la ferretería. Tan pronto empujó la reja circular con sus patas delanteras se movió y pudo subir. Espió alrededor del baño. En el drenaje su grisura se camuflaba perfectamente, era una sombra que se desprendía de cualquier detrito. Aquí adentro, contra los azulejos celestes, no había nada qué hacer. Con cinismo se dirigió a la puerta. Asomó el hocico y comprobó que nadie más estuviera en el cuarto. Escuchó con atención. El único sonido era el murmullo acompasado de los pulmones. La cuna estaba justo enfrente. Atravesó la habitación con suma agilidad, trepó por una de las patas y se apostó sobre los barrotes de madera. El bebé dormía. Lo contempló un segundo y se introdujo a su lado. Medía por lo menos lo mismo que él. Se sintió tentada, pero a pesar de estar hambrienta no podía rebelarse. El chupón estaba a un lado. Seguramente lo había dejado caer al dormir. Lo atrajo con una pata. La chupadera de hule le quedó cerca. La lamió repetidamente, mordiéndola con delicadeza, sin dejar marcas pero asegurándose de inocular bien su saliva. El movimiento sobre el pequeño colchón despertó al bebé, que en cuanto vio a su compañera de lecho comenzó a llorar. La rata saltó al suelo y desapareció por donde había llegado antes de que la mamá entrara en la habitación a ver qué sucedía. Para entonces el bebé dormía otra vez, succionando plácidamente el chupón que se mecía entre sus labios.

El último de sus bonobos era tan sumiso que no fue necesario dormirlo. Una vez que lo sentó en la silla siguió el procedimiento de protocolo, sujetándole las muñecas con las correas de cuero a las braceras. El cuello también quedó retenido, evitando cualquier movimiento de la cabeza. A continuación, Adrián le colocó sobre el hocico y la nariz la máscara que había utilizado por primera vez hacía dos días con Simón y Vicenta. Como una precaución a lo que había ocurrido entonces, la ajustó de tal manera que aun libre el primate no pudiera quitársela hasta que le hubiera inoculado la misma dosis.

La jaula estaba a unos metros del bonobo; el espejo interior lo encaraba y lo reflejaba de frente. Álex se miraba en él como una señora en el salón de belleza mientras le ponen los tubos. Le gustaba supervisar el procedimiento. Después se dejó transferir a la jaula.

—No quiero que te estreses demasiado, pero eres tan recesivo que te voy a dar la misma dosis que usé la vez pasada.

La lonchera dio un respingo sobre la mesa y la lámina sonó. Dio otro salto, un poco más fuerte, que llamó la atención del simio. Álex respondió con uno de sus fruncidos. Cuando terminó de calibrar los aparatos, Adrián se encaminó hacia la lonchera. La levantó y la acercó a donde estaba Álex, que lo seguía con los ojos.

Tomándola con las dos manos y sumo cuidado, la recargó sobre el techo de la jaula, cerca de la escotilla por donde los animales eran introducidos.

—A ti no te vamos a poner nada, porque parece que ya traes la dosis incluida.

A pesar de la impericia que dejarse los guantes implicaba, no quería correr riesgos. Con la mano izquierda detuvo la agarradera. Con el guante de la otra mano se limpió el sudor de la frente y del labio superior. Cortó el alambre que ceñía la caja con unos alicates previamente alistados sobre la mesa de trabajo y la subió a la altura de sus ojos, tratando de mantener estable el pulso.

—Tranquilo. Es cosa de no dudarle —se murmuró.

Dejó reposar la lonchera un segundo sobre el techo de la jaula. Apretó la mano en un puño y cerró los ojos. El peso del animal intranquilo hacía vibrar levemente la lámina de colores contra la malla de la jaula. Percibió el movimiento de la rata en el interior, intentando mascarse una salida. Al abrirlos miró con determinación la cerradura de la lonchera. Los dedos se posaron sobre el seguro, donde descansaron buscando el valor necesario para accionarlo. Pero en lugar de la tapa cuadrada de metal, lo que se abrió fue la puerta del laboratorio empujada por la voz estentórea de Malula, que hizo saltar la enclenque humanidad de Adrián al preguntar:

—¿Bueno, ya me vas a decir qué diablos traes ahí?

Antes de que terminara la frase la lonchera estaba en el aire. Adrián nunca acabó de entender si lo que giró frente a sus ojos fue su vida o las imágenes a colores impresas sobre el cubo de metal. Las piernas se le ladearon en dirección opuesta al tronco y le pareció que el laboratorio estaba dentro de una gelatina de cultivo, donde la lonchera daba volteretas embarrada de una lentitud vertiginosa. Los ojos de Malula se hermanaron con los suyos sobre esa trayectoria que se precipitaba a su colisión, todavía incierta, pero inevitable.

14 de julio

Hay algo raro con el sindicato, un aire de manada al acecho. A pesar de no cumplir sus funciones siempre se encuentran sumidos en un estado de febrilidad, dedicados en equipo a alguna tarea que no logro identificar. Tiene que ver con esa determinación maldita para meterse en mi camino y obstaculizar esta investigación. Como si Rólex se los ordenara y supieran exactamente en qué momento venir a estorbar. Es una razón más para no descuidar nunca esta bitácora, no desatenderla ni un segundo. Si cayera en sus manos no quisiera ni pensar lo que podrían hacer con ella.

Algo en especial me llama la atención y no puedo evitar la ansiedad que me causa. ¿Por qué tienen los labios permanentemente en ese estado y de ese color encendido? También en los ojos se les manifiesta un deterioro y una turbiedad semejantes. La coloración tampoco es saludable. Sin duda tiene que ver con los largos recorridos que la mayoría necesita hacer para llegar aquí y el grado de contaminación al que están expuestos en el camino. Esa manera agresiva y errática de actuar debe implicar cierto grado de dipsomanía. La cantidad de tiempo con la que frecuentan su refectorio en el sótano sugiere que sean afectos a un vino de tan mala calidad que les ocasione esa pigmentación sanguínea.

Lo peor de todo es la manía de lamérselos constantemente como remedio a la sed que el vicio les deja. En vez de aliviarse la resequedad se les incrusta como una cicatriz, pues las enzimas digestivas que hay en la saliva sólo erosionan más los labios. Es un principio de autofagia y no sería raro que creara un hábito adictivo.

> From: Clotilde Ramos <cramos@datacorp.biz.mx>
> To: <marval@grouplistings.com>,
>
> Subject: SIGUE LA INSEGURIDAD, PARA SU DIFUSIÓN
> Date: Mon, 22 Aug 13:03:24 -0500
> MIME-Version: 1.0
>
>
>
> Y SIGUE PASANDO......
>
> POR FAVOR LEAN COMPLETO EL MENSAJE ES MUY IMPORTANTE
>
> Estimados Amigos, creo que es de suma importancia
> que lo lean y lo reenvíen,
> espero no tengamos la desdicha de que nos pase.
>
> Saludos.
>
> El sábado pasado buscaba un teléfono público y encontré uno
> justo al frente
> DEL ESTACIONAMIENTO DEL SUPER DE SAN MATEO.
>
> Me estacioné unos metros más atrás y me bajé del auto
> y cuando estaba

> hablando llegó un minusválido, un hombre sin
> una pierna y con muletas, me
> preguntó si le podía ayudar a marcar un número,
> y me ofreció la tarjeta para
> la llamada y un papel en que estaba anotado el teléfono.
>
> Con mucho gusto le ayudé, tomé el papel y empecé
> a marcar el número, luego
> de pocos segundos empecé a sentirme mal, sentía
> que me desvanecía, como si
> me fuera a desmayar.

> Mi reacción fue inmediata, no era algo normal,
> así es que salí corriendo y
> me metí en mi auto. Mareado y desorientado logré
> encenderlo y manejar unas
> pocas cuadras lejos de ahí, me estacioné y...
> no recuerdo más.
>
> Más tarde desperté, seguía mareado y la cabeza
> me explotaba, logré manejar
> hasta mi casa, una vez en el hospital y luego
> de los exámenes de sangre se
> confirmaron las sospechas. Es la droga que está de moda:
> la "burundanga" o
> "escopolamina"
>
> "Tuviste suerte" me dijo el doctor. "Lo tuyo no fue
> una intoxicación sino
> sólo una reacción. Mejor no quiero imaginar lo
> que hubiera pasado si tus
> dedos absorbían más droga o te quedabas ahí
> unos 30 segundos más. Con una

> dosis más fuerte, una persona puede quedar hasta
> 8 días desconectada de
> este mundo."
>
> Jamás se me ocurrió que pudiera pasarme a mí.
> ¡Y todo pasa tan rápido!
>
>
> Received: from smtpout1-1.mail.avante.net.mx ([200.38.96.
> 666]) by mc4-f20.mail.com
> with SMTPSVC(6.0.3790.211); with ESMTPA id
> oILMooAGHXFEVV@outbound.mail.avante.net.mx>; Mon, Aug
> 12:47:41 -0500 (CDT)

Después de un par de vueltas sobre su eje la lonchera disminuyó la inercia ascendente hasta detenerse por completo y caer. Al precipitarse hacia abajo cada nuevo giro parecía acelerar el siguiente, aumentando la velocidad contra la mesa que estaba en su camino. Con el impacto unos matraces se estrellaron y varios empaques, contenedores y sustancias se regaron en el suelo. Como sellado por la aleación tensa de sus miradas el compartimiento de Miguelito no se abrió, pero rebotó cambiando la órbita de su caída. La nueva rotación lo proyectó en dirección a Malula, que lo observó aproximarse sin moverse. Cuando estaba a punto de embestirle los pies dio un saltito. Con un ruido apagado, la lonchera se detuvo en seco: un costado contra el linóleo y sobre el otro el zapato de Malula, en el cual, a su vez, se posaba incrédula y fija la mirada de Adrián.

—¿Te sientes bien? Tienes los ojos muy rojos. O estás muy blanco. O las dos cosas y si le sumas esa nariz parchada te ves más feo que nunca.

Adrián examinaba mudo la lonchera. Cuando recobró el habla levantó la cara hacia Malula.

—¿Qué hacía el cabrón de Rólex contigo? —musitó.

—Así que hoy estás de buenas. Pues yo no te digo nada hasta que tú no me digas qué traes aquí adentro que te andas haciendo el interesante —Malula comenzó a inclinarse hacia el objeto que pisaba, sin dejar de mirarlo.

Adrián se abalanzó con los brazos estirados y se llevó la caja de aluminio entre las manos enguantadas, ante la expresión atónita de Malula, que se detuvo en seco. Su inercia lo arrastró un par de metros con el vientre sobre el suelo. En cuanto se incorporó corrió a una esquina protegiendo la lonchera bajo la axila.

—Olvídalo. Dime tú primero o jamás sabrás lo que hay aquí.

—¡Ay, Adrián! —chilló mirándolo con resentimiento—. Sólo pasó a ver unas cuestiones administrativas —y subrayó la frase con la ceja. Adrián conocía el gesto.

—¿Así le dicen los burócratas a tirar la onda? —no se movió de su rincón.

—Vino a preguntarme por ti. Que por qué te estabas comportando más extraño que de costumbre y por qué no habías llegado.

—Sí, seguro, Rólex siempre tan preocupado por mi bienestar. ¿Y tú no me vas a preguntar por qué no había llegado?

—Porque ya te gustó llegar tarde, ¿por qué más? ¿O me vas a decir que te volvieron a asaltar?

Por primera vez en el día Adrián, débilmente, sonrió.

Subject:
   Fwd: RV: CUIDADO CON LOS CRISTALAZOS! (fwd)
Date:
   Mon, 10:14:47 PST

REPLY | REPLY ALL | FORWARD

Previous | Next | Done

> > >

> > > ¡Cuidado con los cristalazos!

> > >

> > > > Un amigo que trabaja en una aseguradora
> > > > me mandó esto:

> > >

> > > > Cuidado con los siguientes puntos donde
> > > > estadísticamente hay más

> > >   cristalazos en el DF:

> > >

> > > > 1 BARRANCA DEL MUERTO Y REVOLUCIÓN

> > > > 2 PERIFÉRICO Y RÍO SAN JOAQUÍN

> > > > 3 AV. OBSERVATORIO FRENTE AL HOSPITAL ABC

> > > > 4 RÍO CHURUBUSCO Y BARRANCA DEL MUERTO FRENTE A MUEBLES

> > > > DICO

> > > > 5 AV. CUAUHTÉMOC Y VIADUCTO

> > > > 6 VÉRTIZ Y EUGENIA

> > > > 7 MIGUEL ÁNGEL DE QUEVEDO Y UNIVERSIDAD

> > > > 8 ENTRONQUE DE PERIFÉRICO Y VIADUCTO

> > > > 9 SAN ANTONIO EN DIRECCIÓN A PERIFÉRICO FRENTE A DOS

> > > > GIGANTES

> > > > 10 EJE CENTRAL Y BAJA CALIFORNIA

> > >

> > > > SI TIENEN LA POSIBILIDAD DE PROTEGER SUS CRISTALES CON

> > > > PELÍCULA

> > > > BLINDADA, NO LA DEJEN PASAR.

> > > > > > >

> >

>

>

SIGUE LA LUCHA EN HTTPS://WWW.ULTRADEBIL.COM

—A ver, primero te persiguió una señora enloquecida en una camioneta, luego te quisieron asaltar y mientras los ladrones se agarraban a balazos contra unos judiciales, te escapaste en un taxi sin placas que luego te robaste —Malula lo miró un segundo en silencio—. ¿Crees que soy estúpida o qué?

—Es en serio.

Malula asintió lentamente mientras miraba a Adrián.

—¿Y por eso llegaste tarde?

—En parte, pero más bien fue porque el taxi que me robé tenía seguro de arranque. Se me quedó parado a tres cuadras de mi casa y me tardé como media hora en desactivarlo.

—¿Y piensas andar por la calle en un taxi robado?

—¿Y cómo van a saber que es robado si no tiene placas?

—¿Y en la nariz qué? ¿Te hirió una esquirla?

—No, aquí me mordió una rata —dijo llevando con cautela una mano a la gasa que le cubría la nariz.

Malula soltó una carcajada.

—¿Ya ves?, por eso te digo que te bañes. Ya sabía que estabas loco, Adrián, pero creo que ahora te estás volviendo mitómano.

Adrián se solazó escuchando el estallido melódico en que la risa transformaba el aliento de Malula. Todavía con la mano tentando la gasa, lo pensó un momento y luego propuso.

—¿Quieres conocer lo que traigo aquí adentro? Lo acabo de bautizar, se llama Miguelito. Te va a encantar.

12 de septiembre (1ª entrada)

Todo silencio que exceda un par de minutos enerva a la Pecosa y entonces empieza a hablar de lo que sea. No importa que haya otros sonidos ambientales como el taconeo de nuestras suelas en el corredor, ni que por fin fuera a presentarla con Simón y Vicenta.

"¿Viste el correo de los papás que lanzaron un llamado para saber de su hijo? Te lo mandé a tu cuenta del instituto." Irrumpió.

"Ya sabes que yo no uso esa madre, sólo quita el tiempo. Te he visto pasar mañanas enteras ahí enfrente."

"Pagaron el rescate y luego no supieron más de él. De los secuestradores sí, cada tanto les hablan para decirles que si van a la policía los matan. Y no subestimes a la tecnología. Las historias que circulan por correo electrónico te pueden ayudar a entender lo que pasa más allá de este laboratorio. Te voy a imprimir unos para que te des una idea. Ahora mismo, Adrián, quién sabe cuántas cosas horribles estén sucediendo mientras hablamos." Era demasiada provocación.

"Sé perfectamente cómo está la cosa, lo que no entiendo es esa afición malsana por los cuentos de terror. ¿Te has dado cuenta de cómo reacciona la gente? Quien recibe un correo de esos horrorosos, siente la necesidad de enviárselo a toda la gente que conoce, según esto para prevenirlos, pero sólo consigue asustarlos más. Cuando sucede en una reunión, la primera anécdota horrible que surge atrae a la siguiente. Todo mundo tiene alguna que contar, sobre todo si le pasó a alguien más. Mientras la gente escucha la historia en turno, hipnotizados como polillas ante un foco, un silencio tenso se instala en el cuarto. Nadie habla ni se distrae, a menos que esté recordando una experiencia o un miedo tan espantoso que ni siquiera se atreve a mencionarlo en público. Porque en esta ciudad te puedes salvar de la violencia, pero no del miedo. Y así se crea una atmósfera de historias de fantasmas frente a la fogata, sólo que en este caso los fantasmas te están esperando a la salida. Por eso lo mejor es no salir. Allá afuera es el infierno." [La paranoia y la intuición de Adrián se tocaban.]

"Y aquí adentro estás en el limbo, Adrián. Si sigues evitando el mundo exterior vas a quedarte aquí atrapado para siempre."

"No sé que sea peor, Pecosa. En la calle tarde o temprano te toca, me siento más atrapado allá afuera que aquí. Mira por la ventana, ¿qué ves? Pura porquería. Todo está contaminado. Estamos atrapados en el polvo, destinados a morderlo. ¿Qué puedes esperar de un pueblo que ha perdido las estrellas?"

"No seas melodramático."

"Y tú no seas ingenua. ¿Cuánto crees que falta para que salga nuestro número?"

"¡Cállate, Adrián!"

"¿Qué caso tiene hacerse güey? A la hermana de Fran le ha tocado seis veces."

"A un primo lo asaltaron en un cajero. Ni siquiera lo amenazaron con un arma, pero no quiso arriesgarse."

"¿Ves? Ya empezamos. Y lo peor es eso, tenemos tanto miedo que nos levantan la voz y damos lo que sea. ¿Y cómo le fue?"

"Lo subieron a un taxi y nada más lo llevaron a pasear. Pero lo botaron por Iztapalapa y ahí lo apañó una patrulla. Lo dejaron orinando sangre. A una vecina también se la llevaron."

"¿Y?"

"Se le cerraron en un alto. Se subieron a su coche. Se tardaron una semana en juntar el dinero."

"¿Y?"

Malula miró el suelo sin responder. "Y si a ti te secuestran, ¿qué haces?" Preguntó para cortar el silencio.

"No sé. Pedir una muerte rápida y de cuerpo entero. No hay quien dé un clavo por mí. Soy mala presa."

"Igual que yo, pero eso no ahuyenta a los depredadores."

"Tú tienes a Richo."

Sus ojos se estancaron en un gris aceitoso.

"Richo es un imbécil. Lo último que haría sería hablarle a él."

"Así que las cosas van bien."

" 'Quiero coger con otras viejas' ", arremedó.

"No sabía que Richo fuera tan directo."

"Y yo no sabía que tú fueras tan tarado. No me lo dijo así, me salió con que necesita tiempo y esas estupideces con que salen los hombres."

"Ah, ya", dije, tratando malamente de fingir mi tono más comprensivo. Bajé la cabeza y miré los cuadros del linóleo que se desli-

*zaban bajo nuestros pies. Quería saborear el momento y si la Peco-
sa me veía sonreír, me estrellaba el primer matraz que encontrara
cuando llegáramos a mi laboratorio.*

> >
> >
> > -----Mensaje original-----
> > De: PaLeMoOn WwW.BangBangRadio.Com [mailto:
> > palemoon@bangbangradio.com]
> > Enviado el: lunes, 12:53
> > Para: Undisclosed-Recipient:
> > Asunto: Por favor chécalo Fw: TÓMALO EN CUENTA. URGENTE
> >
> > Esto está horrible nada más lo creo porque me
> > lo ha enviado mi padre, por favor cuídense y
> > envíenlo a todos sus amigos para que la gente esté enterada.
> > Saludos y buen inicio de semanita ;-)
> > PaLeMoOn ::..
> >
> > >
> > > TÓMALO EN CUENTA. URGENTE
> > > DF Octubre
> > >
> > > Es un informe de un ex jefe de policía. Es real.
> > > Oficiales de la Policía que están trabajando en el
> > > programa DARE han emitido el siguiente comunicado: Si
> > > tú manejas de noche y ves un carro que no trae las
> > > luces prendidas NO LE HAGAS EL CAMBIO DE LUCES!
> > > Esto es un juego de iniciación de una pandilla que se
> > > hace llamar Sangre.
> > >
> > > El juego consiste en lo siguiente: el nuevo prospecto
> > > a ser miembro de esta pandilla tiene que manejar con

\> \> \> las luces apagadas y el primer carro que les haga el
\> \> \> cambio de luces para avisarles que tienen las luces
\> \> \> apagadas se convierte en su objetivo.
\> \> \>
\> \> \> El próximo paso es dar la vuelta y perseguir al carro
\> \> \> que le hizo el cambio de luces para avisarle que las
\> \> \> suyas estaban apagadas, y MATAR a todos los pasajeros
\> \> \> para poder ser aceptados en la pandilla.
\> \> \>
\> \> \> El departamento de policía esta en alerta porque
\> \> \> supuestamente este próximo fin de semana será un fin
\> \> \> de semana de iniciación de esta pandilla, así que se
\> \> \> espera que los individuos que quieren ser miembros de
\> \> \> esta pandilla andarán manejando con las luces
\> \> \> apagadas
\> \> \> buscando quien les haga el cambio de luces.
\> \> \> Por favor comuniquen esto a sus familiares y amigos

12 de septiembre (2ª entrada)

La Pecosa contempló la jaula que tenía lista con Simón y Vicenta. Lo elogiosa que había estado ante el orden impecable del laboratorio duró poco. La expresión se le había transformado ante el encierro de los animales y era evidente cómo la científica cedía ante la militante ecologista. Al notar el reflejo en el interior de la jaula se inclinó y contempló su imagen en el espejo metálico. Exhaló un suspiro y se lanzó a la carga.

"Y ese espejo que tienes ahí, ¿qué es? ¿Otro medio de tortura?"

"Ya te estabas tardando. No es nada malo para ellos, me ayuda a observarlos. Además lo estoy probando como estímulo. Es una teoría mía. Se parecen tanto a nosotros que les gusta verse mientras hacen sus cochinadas."

"¿Y cómo sabes que actúan naturalmente cuando se saben espiados? Los primates pueden ocultar sus sentimientos y sus intencio-

nes tras conductas simuladas para conseguir lo que quieren. Igualito que ciertos humanos. ¿No es cierto, Adrián? Además, eso del espejo, viniendo de ti, debe ser un planteamiento meramente hipotético."

"No digas burradas."

"Burradas son las que haces con los animales."

"Pero si las alteraciones que yo les hago son mínimas."

"Si se reconocen en un espejo tienen concepto del yo, eso quiere decir que pueden concebirse a futuro. Cuando sufren saben que su dolor puede seguir indeterminadamente, que tendrá consecuencias. Los simios y nosotros tenemos el mismo código genético."

"Casi, Pecosa: estos bonobos tienen el 98.4% del genoma humano."

"O nosotros tenemos el 98.4% de su genoma."

"Como quieras verlo. Es cierto que la mayoría de los genes son los mismos, que están más próximos a nosotros que a los gorilas, pero justamente esa semejanza es la razón para experimentar con ellos."

"Pero si lo haces, ¿cuánto falta para que empieces a experimentar directamente con humanos?"

"¿Y crees que nadie lo está haciendo ahorita mismo? [De nuevo. Adrián comenzaba a acercarse.] De cualquier forma, no es sólo cuestión de especie. ¿O según tú usar ratones de laboratorio estaría mejor?"

"Por lo menos esos ratones jamás han salido y no conocen el mundo, no saben de qué los estás privando."

"Pues mis changos por lo menos conocieron el amor."

"A'i vas..."

"No, pero en serio, no hay tantas diferencias con las ratas. También nacieron en cautiverio. Además sólo sus patrones de apareamiento y dominación nos sirven para entender ciertas pautas de comportamiento humano."

"Puedes decir lo que quieras, pero si los matas, igual eres un asesino."

"En caso de que se te haya olvidado, lo que se hace aquí adentro es por el bien de la humanidad. Por lo menos lo que yo hago."

"Y un rábano. Las compañías de cosméticos que utilizan animales dicen lo mismo. En esto no puede haber términos relativos, Adrián. ¿A ver, si descubrieras un nuevo virus que de soltarse mataría a la humanidad en una semana y tú tienes aislada la única muestra que existe, qué haces?"

"Se lo presento a Rólex. Se entenderían a la perfección."

"Te estoy preguntando en serio."

"Ya lo sabes. Elimino la muestra."

"¡Adrián! Eres un irresponsable. Terminarías para siempre con una forma de vida. ¿Y quién te crees que eres para hacer eso?"

"Me vas a venir con que eso sólo le pertenece a Dios."

"¡O al Diablo!" [sic]

"¡Pecosa, no mames! ¿No te acuerdas dónde estamos? Llegan los del sindicato a limpiar, rompen la probeta donde está tu muestra y ahí te viste, planeta Tierra. Además, ni siquiera está claro todavía si los virus son una forma de vida."

"La simple probabilidad de que lo sean te obliga a mantener la muestra. Los virus nacen, crecen, respiran, se reproducen. Tienen una intención, luchan por su vida."

" ¿Entonces dónde comienza la vida? El fuego también puede ser un virus, una forma de vida."

"Si fuera así, también habría que dejarlo vivir. Pero, como siempre, ya sacaste un argumento ridículo con tal de ganar la conversación. A veces me pregunto qué haces con esa bata blanca puesta."

Nos habíamos ido aproximando al discutir. La Pecosa se había ruborizado levemente, el brillante sobre la nariz y las pecas le resplandecían como si fueran una brillantina escarlata que también le refulgía en las pupilas. No me arrepiento. Era entonces o nunca.

"Yo a veces me pregunto cómo te verías tú sin la tuya." Aventuré.

"Eres una bestia." Respondió dando un paso atrás.

"Entonces deberías estar tan interesada por mí como por el resto de los animales, cualquier otro animal."

"Yo sabía que tanto tiempo espiando relaciones sexuales ajenas *tenía que afectarte. Y la verdad, Adrián, estás bastante feito, así que mejor búscate una de tu especie."*

Después de rematarme salió del laboratorio como si corriera el riesgo de ser contagiada con la única muestra de un virus terminal.

La puerta se cerró lentamente. La bata de la Pecosa flotó tras ella en un último gesto de desdén. Dirigí mi atención a la jaula experimental. Luego, por alguna razón que todavía no comprendo, me quedé mirando por la ventana el cielo embarrado de polución. Entonces fue que se me ocurrió.

Me dispongo a comenzar el experimento, pero hay algo que necesita registrarse aquí. Estoy harto de que no pase nada: introduciré una variación con Simón y Vicenta. Por primera vez he decidido romper las reglas, incluso las que me había formulado como marco experimental.

—¿Me vas a decir que Miguelito es otro mono que traes en esa lonchera? —acusó a rajatabla—. Tú y Fran no tienen abuela.

—Pecosa, no empieces, que esto está muy lejos de ser un simio.

—¿Entonces por qué tienes a ese otro ahí? —preguntó señalando a Álex que esperaba pacientemente, siguiendo la conversación con interés—. Creí que era el último que te quedaba.

—Es, pero está aquí porque desde antier hice algunos cambios en mi marco experimental.

—Pues vaya resultados que han traído hasta ahora.

—Eso quiere decir que hay progreso, Pecosa. Y hoy vamos a seguir por esa misma ruta.

Mientras Adrián hablaba Malula se acercó a la lonchera con las manos por delante.

—¡No, no, espérate! —gritó Adrián interponiéndose. Le detuvo los brazos por las muñecas manteniendo una firmeza innecesaria sobre sus antebrazos.

—Mira, Adrián —comenzó a decir mientras se zafaba con

un movimiento circular—. No sé qué tanto te traes entre manos. Pero si le das una sola excusa a Rólex te va a expulsar del instituto de tal manera que no vas a conseguir trabajo ni de animalero. Si yo estoy aquí te sirvo de testigo y te puedo asistir con el experimento. Ni siquiera necesitas decirme exactamente lo que buscas. Y, como bien sabemos, en caso de que sea indispensable yo puedo distraer a Rólex.

Lo irrefutable del comentario lo hizo dudar un instante.

—No —la voz gangosa llegó un poco más lejana—. Y en parte me niego por ti. No tienes idea de lo que hay ahí adentro. Está sumamente alterado.

—Como tú. Mírate nada más. Estás perdiendo objetividad y si te queda la menor pizca me tienes que dejar ayudarte, aunque sea para validar la observación.

Adrián metió las manos en las bolsas de su bata. No había nadie como ella para tratar animales. Y la respuesta que buscaba no sería fácil de registrar, tenía que encontrarse en la fugacidad de lo casi nimio. Con la ayuda de Malula sería mucho más fácil realizar el experimento sin perder un solo detalle.

—Sólo con protección —accedió por fin—. Lo menos que vas a necesitar son los guantes de carnaza. Lo digo en serio. Hasta ahora nunca había visto un comportamiento animal tan agresivo.

—Descartándonos, me imagino.

Adrián ignoró la pulla y le pasó sus guantes quedándose sólo con los de látex. Malula introdujo a regañadientes las manos en el material correoso color papel de estraza, pensando que las medidas eran innecesarias. Pero luego el tono de voz le cambió, inmersa ya en el experimento.

—Tú mientras ve preparando el tranquilizador, Adrián. Y cuida bien la dosis, no se me olvida que tienes la mano pesada para dopar animales.

Como si la petición hubiera sido la inversa, la ketamina

que ocupó el interior de la jeringa triplicaba la correspondiente al peso de Miguelito. Mientras llevaba a cabo esta tarea, Adrián también preparó subrepticiamente otra jeringa que llenó de ácido clorhídrico. No estaba dispuesto a que sufrieran la misma suerte que le había sido deparada al mendigo. Malula maniobraba la lonchera recargada en la mesa. Trataba de operar el seguro que Adrián había trabado por la mañana con un giro de alicates.

—A ver, ayúdame.

Dejó ambas jeringas sobre la mesa de trabajo y se cubrió nuevamente la mano izquierda con un guante de carnaza, que extrajo de una gaveta del armario. Con la derecha extrajo del bolsillo sus pequeñas pinzas terminadas en pico y enganchó una de las terminaciones bajo el seguro. Se produjo suficiente movimiento en el interior de la lonchera para hacer sonar la lámina otra vez y atraer nuevamente la atención de Álex, quien sujeto desde su lugar en el interior de la jaula contemplaba entretenido la caja de metal. Con un firme muñequeo, Adrián liberó el seguro y saltó hacia atrás con el cuerpo en una pieza, mientras con rapidez empuñaba el tranquilizador.

Redacción. — Ayer jueves, cuando al atardecer La Merced veía bajar las cortinas de lámina de sus almacenes, un tendero pudo ver un perro pequeño merodeando su mercancía. El empleado, José Rojas, comentó que al verlo gritó para ver si lo espantaba. Al no obtener resultados, Rojas tomó una escoba y lo persiguió por la bodega dando palazos y tratando de sacarlo, pero el can se movía demasiado rápido escondiéndose entre los costales de grano. Cuando finalmente logró arrinconarlo en la trastienda, cuál no sería su sorpresa al ver que se trataba de una rata de tamaño descomunal, por lo que retrocedió hasta la puerta lentamente. Rojas asegura que la rata comenzó a hacerle sombra, siguiéndolo agazapada. Cuando sintió con el talón el desnivel que indicaba la salida, José huyó de un salto atrancando la puerta detrás de él y alcanzó a escuchar un golpe seco contra la plancha metálica. Corrió hasta el puesto de junto, donde pidió prestado el teléfono. El asustado tendero comenta que al notificar lo acontecido y haber solicitado auxilio a la policía sólo recibió escarnio ante su petición, pues el agente en turno le respondió que el control de plagas no estaba entre sus funciones. Llamó entonces a unos excavadores que laboraban en una obra del Metro en la zona. Los trabajadores, acostumbrados a ver las cosas más increíbles que habitan el subsuelo de esta megaurbe, entraron por la rata armados de picos y palas. Todos ellos confirman que eran más de diez en número, sumado otro abarrotero vecino con un arma de fuego de su propiedad, y que cuando al mover unos costales la hallaron, la rata no se amedrentó sino que se lanzó a atacarlos. Entre todos y tres balas mediante, lograron abatirla a pesar de la fiereza que mostraba. Al no saber qué hacer con ella, trajeron a la redacción de este su semanario *Así Pasó* el cadáver, que mostramos en la gráfica.

----- Forwarded message -----
>
> -----
> From: Toro, Denia[SMTP:DENIA.TORO@AZAZ.COM]
> Sent: Thursday, 12:46:23 PM
> To: Toro, Denia
> Subject: Dangerous Places
> Auto forwarded by a Rule
>
> Field Security International
>
> presenta
>
> DESTINOS PELIGROSOS [Síntesis ejecutiva]

> Al recopilar una lista de destinos peligrosos identificamos
> cinco de los lugares
> con mayor riesgo para ejecutivos extranjeros a
> lo largo del año. Al hacerlo, hemos excluido aquellas locaciones
> donde la amenaza principal se deriva de conflictos
> armados de intensidad
> media a alta. Los 10 destinos más peligrosos son:
>
> África Central
> Ciudad de México, México
> Colombia
> Islamabad y Karachi, Pakistán
> Johanesburgo y Ciudad del Cabo, Sudáfrica
>
>
>
> ÁFRICA CENTRAL
>
> África Central es una de las regiones política y
> socialmente más inestables
> del mundo donde la violencia es cosa de todos los días,
> incluso sin
> estar necesariamente vinculada a la guerra rebelde en curso.
> Entre otros países como la República Democrática del Congo,
> Angola, Rwanda y Burundi, las amenazas son
> numerosas
> y variadas. Es difícil diferenciar entre rebeldes, soldados y
> bandidos. Milicias fuera de control gobiernan las calles
> y no dudan en
> atacar y matar a cualquiera, desde residentes
> y figuras religiosas hasta
> hombres de negocios extranjeros. Motines y enfrentamientos
> similares son sucesos cotidianos, y a menudo

> se desatan con rapidez y sin previo aviso.
> Las condiciones
> económicas de pobreza han servido como
> combustible para la creciente
> industria criminal. En algunos lugares,
> el gobierno local ha prohibido
> que los individuos utilicen caminar como
> medio de transporte
> debido a que las amenazas son tan altas. También se han
> reportado
> cartas y correos electrónicos apócrifos
> de supuestos allegados y gente cercana
> a ministros de Estado que hacen ofertas fraudulentas a
> gente de todo el mundo.
>
>
> CIUDAD DE MÉXICO
>
> La violencia en la ciudad de México
> aumenta de manera endémica en una espiral vertiginosa
> con cada día que transcurre.
> Las congestiones de tráfico, los altos niveles de
> contaminación y los índices criminales se han disparado
> para hacer de esta ciudad una pesadilla urbana de ficción.
> A quienes se percibe como acaudalados
> inmediatamente se
> convierten en blanco
> para crímenes menores o incidentes más graves en los
> que las víctimas
> son secuestradas
> durante trayectos en taxi, lo
> que los locales llaman secuestros "exprés",
> donde los abductores

> fuerzan a sus víctimas a sacar dinero de cajeros
> automáticos y muchas veces los golpean severamente.
> Grupos de
> taxis rivales
> pelean las rutas más lucrativas, llegando a enfrentarse en
> tiroteos alrededor de la ciudad.
> Entre los crímenes más frecuentes se encuentran
> el robo y asalto en transporte vehicular
> durante los altos.
> Más allá del
> incremento en la actividad criminal atribuido
> a la pobreza, la corrupción y la profesionalización de mafias,
> han comenzado a darse arranques espontáneos
> de agresividad.
> La violencia sin causa
> aparente,
> la corrupción corrosiva que invade a la mayoría de las
> corporaciones policiacas, su colusión con el mal
> y la amenaza de secuestro presentan un cuadro de inseguridad
> constante.
> Se mencionan también casos de asesinatos
> inexplicables con armas punzocortantes que remiten a
> instrumentos odontológicos
> afectando a hombres y mujeres por igual, especialmente
> por las noches
> en callejones del Centro Histórico.
> Hasta el momento sólo se han encontrado restos
> casi irreconocibles
> de los cadáveres
> y ninguna explicación.
>
>

> COLOMBIA
>
> Colombia continúa inmersa en la guerra civil más larga del
> Hemisferio Occidental (cuatro décadas). A pesar de que el
> "presidente
> aventurero", Sergio Johnjairo Mejía
> ha expresado su compromiso para establecer la
> paz,
> el conflicto armado, especialmente en áreas rurales, persiste entre
> las
> guerrillas de izquierda, fuerzas militares colombianas y
> paramilitares de derecha
> que cometen las peores atrocidades.
> Mientras que las principales ciudades de Colombia
> generalmente se encuentran protegidas de la guerra abierta,
> subversivos
> y narcoterroristas se han vuelto especialmente descarados en
> cometer secuestros de todos perfiles y ataques terroristas en
> centros urbanos. Aproximadamente 45% de todos los
> secuestros en el mundo ocurren en Colombia.
> La dinámica social parece indicar que para la población
> la Ley del Talión es demasiado
> suave como método de justicia social y actúa en consecuencia.
> Además, la reciente
> declaración por parte del Estado de la guerra sin cuartel
> ha desatado amenazas de ataques represivos, elevando
> los riesgos hacia los turistas.
>
>
> ISLAMABAD y KARACHI
>
> Pakistán ha experimentado un mayor índice de criminalidad a
> la alza en todo

> el país. Karachi ha sido testigo de un ascenso en violencia
> sectaria,
> incluyendo bombas y tiroteos desde carros en movimiento,
> debido
> a la lucha entre los grupos islámicos Shia y Sunni. Islamabad y
> especialmente
> Karachi han visto un incremento en los robos de coches,
> asaltos,
> invasión a residencias y tráfico de drogas. Los agentes
> policiacos están
> mal pagados, lo cual disminuye su motivación para llevar a
> cabo
> su deber de manera efectiva. Islamabad y Karachi también son
> la guarida de grupos de
> apoyo para grupos fundamentalistas. Con respecto a los
> grupos que operan en Pakistán relacionados con Alí Segunda,
> las amenazas a los viajeros occidentales se han incrementado
> aún más como se
> pudo comprobar en los ataques con lanzagranadas del 12 de
> junio a un convoy de carros diplomáticos en
> Islamabad. Además, varias embajadas occidentales han
> reconocido
> haber
> recibido amenazas de grupos desconocidos en contra del staff y
> de los
> ciudadanos occidentales en Pakistán.
> ·
>
> JOHANNESBURGO y CIUDAD DEL CABO
>
> El notorio índice de criminalidad de Johannesburgo la hace una
> de las
> ciudades

> más violentas en el mundo. Con mayor frecuencia
> los extranjeros
> se han vuelto el blanco en las calles y en los lugares
> frecuentados por
> turistas, sobre todo en la vecindad de los hoteles.
> Dentro del alto índice de robo de automóviles, los turistas que
> rentan autos en el aeropuerto se han convertido en blanco
> constante.
> El índice
> de criminalidad de Ciudad del Cabo crece de manera
> sostenida,
> pero permanece por debajo de Johanesburgo
> donde el cacique gangsteril
> Lushendra Pather,
> quien comenzó con una fallida red de trata de blancas,
> no duda en cometer las peores atrocidades
> por mantener su vacilante liderazgo y
> librarse del cerco que cada vez se le cierra encima.
> Las pandillas y las actividades
> que se le asocian son
> un problema criminal serio en el área de
> Ciudad del Cabo, pues con frecuencia
> son responsables de
> otras formas de violencia,
> incluyendo batallas ocasionales entre bandas rivales y tiroteos
> en autos a toda
> velocidad. Al grupo vigilante fundamentalista cristiano Gente
> en Contra
> del Gangsterismo y las Drogas (GECOGAD) se le atribuye
> el ataque
> del verano pasado con un camión pipa lleno de
> gasolina a un cine que proyectaba
> el último éxito

> comercial de Hollywood y otro ataque, en noviembre del
> mismo año, en el
> que otra pipa de gasolina detonó frente a los locales
> comerciales de una de las
> playas más populares al sur de Ciudad del Cabo.
> Además, la fuerza policial es miserablemente
> pagada,
> tiene problemas de falta de personal y de debilidad, por lo que
> carecen del poder para detener el crimen en
> la
> ciudad.
>
> Read Mail at vileexecutive.com
>

La tapa de la lonchera permanecía en su lugar.

—Cuidado. Puede brincar en cualquier momento.

—Creo que esa cosa mejor te la vamos a inyectar a ti, Adrián.

Intentando controlarse se acercó. Estiró la mano para abrir la tapa.

—¿Lista?

—Sí.

Tan pronto se movió un poco la hoja de metal de la lonchera, Malula adelantó las manos para inmovilizar lo que hubiera dentro. No pudo evitar un respingo en cuanto distinguió los ojos de Miguelito brillando en la penumbra del cubo.

—¿Por qué no me dijiste que era una rata?

Adrián metió la mano izquierda a fondo, aplastando a Miguelito contra el hueco de la lonchera. Al verse a un tiempo acorralada pero con posibilidades de escape, la rata comenzó a morder con exaltación furiosa la extremidad que le presionaba el vientre blancuzco. La cola, tan larga como el cuerpo, carente de pelo y ligeramente rosada, se envolvió alrededor del guante que protegía al biólogo. El animal tenía que pesar por lo menos tres kilos y trataba de usar cada onza de fuerza para recuperar la libertad.

—¡Apúrate, agárrala! —exclamó Adrián tomando la jeringa como si fuera a apuñalar al roedor que lo masticaba. Malula reaccionó y tomando a la rata con ambas manos la inmovilizó con pericia.

—¿Viste qué angelito? —preguntó—. Debe estar alterada porque te tiene miedo.

—Ten cuidado con esa cosa. Por suerte es pequeña comparada con las demás.

—¿Había más? ¿Pues de dónde la sacaste?

—Del Zócalo. Y parecía que estaban dando el Grito —dijo Adrián con un escalofrío.

—¿La sacaste de la calle, así nomás? —preguntó Malula inspeccionándola con atención—. ¿Y le pusiste Miguelito sabiendo que era un bebé varón?

—¿Un bebé? Esa bestia horrorosa no puede haber tenido infancia.

—¿Ni siquiera lo habías revisado?

—¿No se puede salir por la malla, verdad? —cortó Adrián.

Malula movió la cabeza negativamente, como ante un niño que pregunta por los monstruos debajo de su cama.

—No hay manera. Oye, ¿y de veras no me vas a decir qué vamos a encontrar?

—Ahorita vas a ver, Pecosa —profetizó Adrián, sin saber que ella lo tendría claro antes que él.

Mientras Malula lo sostenía, Miguelito se dejaba hacer entre sus manos, dócil casi hasta el punto de la cooperación, pero vigilando todo lo que ocurría en el laboratorio. Adrián tomó la jeringa con el tranquilizante. Sin avisar, se dirigió con rapidez hacia ellos e intentó inyectar a traición. Miguelito giró la cabeza en el momento en que la aguja descendía sobre él, trozándola de una tarascada. Adrián se sintió tentado a vaciarle la otra jeringa. Malula dio un paso atrás, encogiendo los brazos como queriendo proteger a Miguelito contra su cuerpo. Ambos lo miraban. Se contuvo.

Fue a cambiar la aguja. Al regresar le detuvo la cabeza con la mano izquierda. La rata se mantuvo intranquila dentro del agarre. Adrián pensó que su miedo podía contribuir al estado de alteración del roedor, como si olfateara sus emociones por debajo de la calma que buscaba simular. Con sumo cuidado introdujo la jeringa en la piel durísima, y el pulgar derecho empujó la dosis de ketamina unos centímetros más allá de las cerdas del pelo hirsuto y gris de la rata. Esperaba que los efectos fueran inmediatos, pero tardaron varios segundos en notarse.

—Vaya —comentó Malula— parece que por fin te mediste con el tranquilizante.

Adrián observaba la reacción, asegurándose de que la rata quedara quieta. No perdió la conciencia, como debía haber sucedido según la medida. Decidió apurarse en alistar a Álex.

—Ya casi está listo, sólo necesito ajustar los reactivos.

—¿Qué reactivos? Se supone que tu proyecto es únicamente de observación. Nunca justificaste que les pudieras meter otras sustancias.

—Acuérdate que es mi experimento.

Adrián dio un paso en dirección a Malula y la rata. Ya fuera por sentirlo cerca o porque metabolizaba el tranquilizante, Miguelito reaccionó de inmediato ante su aproximación revolviéndose en el agarre de carnaza y arrugando la piel que le cubría el morro, mostrando los dientes.

—Conmigo está bien, Adrián. Déjamelo tantito mientras tú haces lo que tengas que hacer con Álex.

Adrián dudó, pero luego se dirigió a donde se encontraba el simio.

—¿Por qué crees que le tengamos tanto miedo a estos bichos? Hemos estado juntos desde siempre —preguntó ella.

—Se supone que es atávico. Memorias de cuando traían la peste y otras epidemias. Pero yo tengo otra teoría, sobre todo con respecto a las mujeres.

—Uy, qué sorpresa. A ver, viene de una vez.

—Es el mismo principio por el que los elefantes entran en pánico incluso ante un ratoncito. El roedor se introduce por los orificios de la trompa y además de causar heridas internas puede asfixiarlo mediante la obstrucción de los conductos.

—¿Y eso que tiene que ver con las mujeres?

Mientras manipulaba los instrumentos para la inoculación del simio, Adrián dejó que el comentario se sedimentara.

—Estás muy enfermo —dijo Malula moviendo la cabeza con rigidez.

Ajustó el equipo y terminó pronto de medir la dosis. Tan pronto se la administró dejó a Álex libre dentro de la jaula y fue por el roedor.

—Listo. A la jaula.

Malula le acariciaba la cabeza a la rata con el guante de carnaza.

—Fíjate, aunque es evidente de dónde venimos, ¿a cuál de estos dos crees que nos parecemos más actualmente?

—¡Dámelo! —no sabía cuánto tardaría en amainar el efecto del tranquilizante.

—Ahí voy, sólo quiero que tenga un rato agradable antes de que lo metas.

Desesperado, se dirigió hacia ellos. Miguelito levantó la cabeza con la mirada todavía atontada y le desnudó los dientes. Sin querer dejar que pasara otro segundo y sin importarle tener una mano desnuda, arrebató la rata a Malula para introducirla en la jaula. Entre la prisa de Adrián y el contoneo de Miguelito, la trayectoria no fue del todo limpia. La rata alcanzó a morder el aire que unas milésimas de segundo antes ocupaban los dedos ahora contraídos del científico y quedó colgando de la escotilla.

Era el cuarto sitio que recorría esa noche. Comenzaba a sentir los primeros indicios de fatiga, sin comprender muy bien el fin que su recorrido perseguía. Se colocó de costado a las puertas dobles de una cantina, agazapada en la esquina inferior izquierda, hasta que entró como si la jalaran. Avanzó unos pasos y se detuvo a olfatear el aire. Siguió adelante. Nadie la notó, pues un partido de futbol imantaba la atención de los parroquianos. Corrió pegada a la base de la barra, continuó el trazo entre las patas de una mesa vacía y salió por la puerta de servicio. Recorrió a paso rápido dos calles angostas durante unas tres cuadras y luego, sin detenerse a percibir el tránsito de coches en la vibración del concreto antes de cruzar, se lanzó a Avenida Revolución. A pesar de que el tráfico menguaba, dos automóviles le pasaron zumbando y un tercero dio un volantazo involuntario para evitarla. Se detuvo frente a una reja azul claro medio despintada. Dudó un segundo y viró a la izquierda para luego meterse por la primera calle hasta encontrar una pequeña puerta de lámina. Tuvo la certeza de que su ruta continuaba por ahí. Buscó con afán un resquicio donde cupiera hasta que se escurrió por un hueco diminuto en que el tabicón había comenzado a desmoronarse. Se halló dentro de una bodega polvosa y abandonada en la que trazó un semicírculo amplio. Después reculó en dirección contraria el mismo número de pasos hasta salir nuevamente a la calle. Se guió por el fulgor de los focos neón que anunciaban La Brisa, una miscelánea a punto de cerrar. Reptó directamente al baño de la trastienda. Siguiendo las instrucciones que un calor bullente le susurraba a los oídos orinó en uno, dos, tres lugares distintos. Cuando la dependienta la vio intentó perseguirla con una escoba, pero no pudo dar con ella pues mientras seguía buscándola entre las rejas de refresco llenas de Jarritos ya estaba en un café de chinos a 20 metros. En el basurero del mismo un escalofrío le sacudió la cabeza trazando una serifa convulsa. Salió sólo para meterse a un edificio dos cuadras más adelante, donde casi rozó el tenis del portero que leía un semanario sensacionalista sentado ante una mesa al lado de la puerta. Trepó al elevador abierto que la esperaba en la planta baja; las puertas se cerraron tras ella. Comenzó a ascender. Cruzó la azotea con una línea curva hasta llegar al desagüe por donde, dando tumbos, se precipitó a la calle. Se incorporó de inmediato y corrió con pasos apurados hasta la central eléctrica. Se introdujo sin dificultad y encontró la caja metálica a la que le crecía una tupida maraña de cables. Frenéticamente comenzó a morder el envoltorio de hule que cubría las fibras de cobre del cable principal. Cuando la materia sintética cedió ante sus dientes, royó a la misma velocidad el entretejido de metal que pronto se desvaneció en corriente: apagó la ciudad. Por un momento la urbe pareció suspenderse en una pausa de sombra absoluta, excepto por las huellas de esta mensajera mía, que indelebles bajo la luz de la luna ardían invocando tu nombre, Malula.

El golpe le había extraído el aire a Miguelito, pero comenzaba a reaccionar. Arañaba la escotilla en busca de dónde aferrarse. La parte trasera de su cuerpo lo había jalado otro poco hacia el interior de la jaula. Cuando pudo respirar de nuevo, sus mandíbulas lanzaron una tarascada que restalló buscando a Adrián. El científico retrocedió hacia Malula, que contemplaba la jaula sin moverse.

Aferrándose a la escotilla con las patas, izó lentamente la mitad del cuerpo que colgaba en el aire. Recuperaba el equilibrio y mostró los dientes con su risa chillona. Se encaramó hacia adelante haciendo equilibrio sobre la jaula. Las patas traseras comenzaban a asomar. Se posaron sobre el borde con las rodillas en un ángulo agudo; se disponía a saltar. Pero se detuvo en seco. Álex lo sostenía por la cola.

Incluso los chimpancés que han vivido toda su existencia en condiciones de cautiverio son cuatro o cinco veces más fuertes que un atleta humano en la mejor condición. El jalón que siguió introdujo a Miguelito en la jaula, estrellándolo contra el suelo, donde quedó como imantado. Aunque de inmediato abrió los ojos, permaneció tendido, esperando la reacción del bonobo. Álex mostraba los síntomas iniciales de Simón y Vicenta. La mezcla de gases se comenzó a manifestar en un enrojecimiento creciente de los ojos y en una respiración más marcada y rápida. Cuando levantó una mano para aporrear a la rata que creía sometida, ésta se liberó del golpe mordiéndole el dedo gordo del pie y corrió a una esquina, donde se contrajo sobre sí misma emitiendo un chillido agudo y sostenido.

La rata se encarreró impetuosamente y brincó con un salto depredador, los dientes como arpones buscando la carne, las coordenadas perfectamente calculadas hacia el cuello de su presa, que alcanzó a manotear para desviar la mordida. Miguelito se le quedó prendido en el antebrazo y el primate lanzó un aullido corto y rabioso. Luego sacudió la extremidad con violencia, hasta que logró enviar a la rata contra una de las paredes de la jaula.

Pareció una repetición instantánea: cayó, giró sobre su propio impacto contra el suelo, recuperó pie y embistió con la misma voracidad que antes. Álex se atendía la herida y no pudo evitar la incisión directa y profunda de los dientes en la cara interior del muslo, cerca de la rodilla. Después de golpear inútilmente la cabeza de la rata, la rodeó con ambas manos y en un impulso ciego tiró con toda su fuerza. A pesar de la firmeza con que Miguelito aseguraba su carne, consiguió separarle. Un raudal de sangre brotó por la herida. La presión que lo detenía no fue suficiente, el roedor consiguió retorcerse y morderle una falange. Álex lo aporreó contra el techo de la jaula antes de caer sentado; parecía haber perdido el control sobre la pierna.

Adrián avanzó para cerrar la escotilla. Álex lo miraba. Sus pupilas eran dos colillas que se apagaban sobre él. El bonobo bajó la cabeza hasta que se topó con su imagen en el espejo de la jaula. Miguelito tardó un poco más en recuperarse esta vez, pero cuando lo consiguió arrancó contra el simio. Éste alcanzó a emitir un gemido lastimero, interrumpido por el impacto de la rata sobre su cuello que lo volcó sobre un costado sin que pudiera ya oponer resistencia. Miguelito levantó la cabeza, ligeramente hinchada y cubierta de sangre. Se contempló en el espejo, victorioso, ufano. Después miró a Adrián y a Malula. Y rió. Las sílabas jadeantes de la carcajada se incrustaron en la nuca de Adrián. Se notó paralizado, incapaz ni siquiera de apartar la jaula de su campo de visión mientras Miguelito, aprovechando su nueva posición y la docilidad inerte del simio, siguió mordiendo y royéndole el cuello, hasta sepultar la mitad de su cuerpo.

~~16 de abril~~ 15 de septiembre

Te llamo a mi lado, ~~Pecosa~~ *Malula, y a la vez que te paso la mano despacio por el cuello te murmuro* ~~que~~ esta invocación que no podrás resistir. No importan las etiquetas ridículas que Adrián utiliza, todo es fuego y yo soy su dueño como seré el tuyo. ~~Conoces la dehidroepiandosterona, de la cual tenemos en el cuerpo más que de cualquier otra hormona y todas las sexuales de ésta se derivan.~~ Esta alquimia antigua se te ha de prender al cuerpo. Te convoco, Malula, con este nombre que sólo yo te conozco, con el que te he bautizado para mi causa. *Si agarrara tu mano en este momento no podrías* tolerarlo; *te me unirás* gradualmente. *De memoria tu sangre recitará mi conjuro. No puedes negar*te: *tu animadversión se transmitirá de una terminación nerviosa a otra y a otra y, así, a todas,* hasta formar una pócima adustiva que te encienda por dentro, te hierva en la piel, te bulla entre las piernas; *hasta que entres en celo y necesites a alguien en tus brazos y quieras ser penetrada* mediante una fricción brutal y sostenida que te volverá llama. *Tu cuerpo cosquillea ya con el deseo de juntarse conmigo. ¿Qué podemos tener tú y yo en común? Todo, todo lo anterior, toda esta lava* oscura *que finalmente estallará* para no extinguirse, *que te hace buscar mi calor* oscuro *e* incendiarnos juntos de una vez y para siempre.

Ambos se quedaron pasmados, contemplando el espectáculo grotesco que Miguelito les montaba; plasma y humores viscerales se regaron por el suelo cromado de la jaula. Malula recuperó suficiente aliento como para preguntar:

—¿Qué le diste? —Adrián miraba absorto al interior de la jaula.

—Adrián, respóndeme —insistió.

La rabia le nacía a Malula como si alguien operara una perilla de volumen en sus entrañas. Su furia se encauzó hacia Adrián por haberla hecho cómplice de lo que acababa de presenciar, por no decirle qué buscaba, porque sin importar qué fuera nada justificaría para ella semejante atrocidad, pero sobre todo por no hacer nada para quitarle la sensación que la arañaba bajo la piel. Después de mirarlo con un resentimiento largo, salió del laboratorio hacia la suerte que la aguardaba.

> Subject: FW: IMPORTANTE
> Sun, 12:43:13 -0600
>
> > > > ¡OJO!
> > > >
> > > > Perdón por irrumpir en la privacidad de su correo
> > > > electrónico pero siento
> > > > que esto es algo que todos deben saber y les aseguro
> > > > que es muy real.

\> \> \> \>

\> \> \> \> El pasado domingo, Mercedes, una amiga

\> \> \> \> mía del trabajo fue

\> \> \> \> al cine a Polanco con

\> \> \> \> su novio como a las 7:00 pm.

\> \> \> \> Envío esto

\> \> \> \> con la débil esperanza que todavía

\> \> \> \> guardamos de que reaparezca.

\> \> \> \> De ahí se iban a ir a

\> \> \> \> cenar, pero *

\> \> \> \> desgraciadamente esto no llegó a pasar. Después de

\> \> \> \> que les entregaron el

\> \> \> \> coche (un Jetta Blanco placas 821 KSD) en el Valet,

\> \> \> \> salieron del centro

\> \> \> \> comercial y a las dos calles fueron detenidos por

\> \> \> \> una patrulla a punta de

\> \> \> \> escopeta.

\> \> \> \>

\> \> \> \> Los policías alegaban a gritos e insultos que les

\> \> \> \> habían reportado que ese coche

\> \> \> \> había estado involucrado en un secuestro.

\> \> \> \> Ricardo, el novio de Mercedes,

\> \> \> \> alegaba que no podía ser, ya que habían

\> \> \> \> estado en el cine.

\> \> \> \> Mientras alegaban, los policías no dejaban de gritar

\> \> \> \> y empujar a Ricardo por

\> \> \> \> lo que Mercedes empezó a tocar el claxon para llamar

\> \> \> \> la atención.

\> \> \> \>

\> \> \> \> En eso uno de los policías abrió la cajuela (que no

\> \> \> \> tenía llave) y se

\> \> \> \> encontraron con algo en verdad horroroso. Había

\> \> \> \> una niña como de 21

> > > > años dentro. Tenía el vientre completamente abierto
> > > > y la cajuela estaba
> > > > inundada de su sangre. Había algo que pensamos que
> > > > era parte de su
> > > > intestino junto a su cuerpo y la expresión de su
> > > > cara era de pánico.
> > > >
> > > > En ese momento los policías comenzaron a golpear a
> > > > Ricardo hasta el
> > > > cansancio, por lo que Mercedes quiso salir del carro,
> > > > pero fue detenida por
> > > > uno de ellos de los cabellos y la metió de nuevo al
> > > > coche donde la golpeaba
> > > > mientras ella gritaba, y pensamos que después la
> > > > violó.
> > > >
> > > > En ese momento Ricardo ya estaba en el suelo y el
> > > > policía lo seguía pateando
> > > > hasta que perdió el conocimiento.
> > > >
> > > > Cuando Ricardo volvió en sí estaba en un
> > > > estacionamiento vacío con sangre en
> > > > toda su cara y la ropa. No estaba ni la patrulla,
> > > > ni su coche ni Mercedes.
> > > > Como pudo caminó hasta Ejército Nacional.
> > > > Ahí por un milagro iba pasando yo.
> > > > Inmediatamente lo llevé al hospital y en el
> > > > camino me contó lo que pasó.
> > > > Hablé a mi casa y mi hermano salió a buscar
> > > > la patrulla o el Jetta.
> > > > Por supuesto no encontró nada.
> > > >
> > > > Ricardo tiene ahora dos costillas rotas y riesgo de

> > > > perder la visión en el

> > > > ojo izquierdo, y sigue en el hospital. Seguimos sin

> > > > saber de Mercedes y como

> > > > se imaginarán estamos viviendo momentos en verdad

> > > > angustiantes y horribles.

> > > > Nadie se ha comunicado con nosotros para pedir un

> > > > rescate o algo así, por

> > > > lo que nos han dicho que no se trata de un secuestro

> > > > por dinero.

> > > >

> > > > No quiero ni imaginarme qué hicieron con Mercedes,

> > > > pero según los especialistas que tenemos en nuestra

> > > > ciudad de

> > > > México, no

> > > > es la primera vez y prueba de esto es la niña de la cajuela

> > > > asesinada brutalmente.

> > > > Ojalá y estén atentos y se cuiden mucho. No es

> > > > posible que sigamos viviendo

> > > > en una ciudad así, ¿cuánto más nos tiene que quitar

> > > > esta ciudad para que

> > > > entendamos?

> > > > Por favor reenvíen este mensaje a todos sus amigos

> > > > para que estén precavidos

> > > > y cuídense mucho.

> > > >

> > > > Clotilde López

> > > > Instituto de Biología Avanzada

> > > > Secretaria del secretario general

> > > > 56 22 18 57

> > > >

> > >

> >

>

Cuando por fin reaccionó, Adrián creyó que su única salida era encontrar a Fran antes de que alguien descubriera el desenlace del experimento. Tenía que dejar el laboratorio impecable antes de que alguien del sindicato lo viera.

Al salir al pasillo se revisó la vestimenta. Su bata permanecía limpia y seguía con los guantes de látex puestos; se sintió protegido por un camuflaje albo. El instituto le pareció más blanco que nunca, como si entre las paredes y el grabado geométrico del piso se creara un vacío que anulaba lo que no se acoplaba a la perfección cromática del orden establecido.

Y el interior de su cabeza no engranaba ahí. Recordaba la voz de Malula increpándolo antes de marcharse. No podía entender qué le había impedido reaccionar, qué fuerza lo había envuelto en una inercia cataléptica que ni siquiera le permitió levantar una mano para tranquilizarla. Por fin se le había ofrecido la oportunidad con la que había fantaseado desde que ella iba en primer año de la Facultad. Ahora era demasiado tarde. Su carrera científica y su relación con Malula se habían desangrado en el torbellino viscoso que ocupó el centro de la jaula.

Trató de concentrarse en buscar a Fran. Recordó que los resultados de la autopsia ya deberían estar listos. Primero fue a la esquina donde tenía su casillero y una mesa, pues como no se llevaba con el resto de los sindicalizados no compartía con ellos el refectorio. No andaba por ahí, a pesar de ser la hora en que acostumbraba cenar un café con leche. Debe estar en el bioterio, pensó Adrián. Agradeció no haberse cruzado con nadie. Asumió que por ser viernes 14 y quedar anulado el puente dentro del fin de semana, una buena parte del personal académico y administrativo se había ido ya o había faltado. Así de comprometidos están con lo que hacen aquí, masculló Adrián, subiendo por unas escaleras también desoladas.

Había decidido pasar primero a su oficina y marcar desde ahí a la extensión de Fran. Llegó sin ningún percance, hizo girar la llave en la cerradura y se desplomó en su silla frente al escritorio. Tomó el teléfono y marcó ansioso. Nadie contestaba. Mientras largos tonos intermitentes le anunciaban la ausencia del técnico animalero, descubrió ante sí su bitácora. Estaba abierta como a la mala, con las hojas revueltas. Adjudicó, incorrectamente, el ultraje a la ventana abierta. Notó la ráfaga de viento mesando sus páginas, arrebatándoles el orden. Corrió a cerrar la ventana, pero la ráfaga alcanzó a escapar. Varios papeles se hallaban esparcidos por el suelo. Se dio cuenta de la imprudencia que había cometido, pero no a qué grado. Al tomar la bitácora por las solapas sintió que le quemaba los dedos a través del látex y la cerró de golpe. Era demasiado tarde.

A pesar de que Fran no respondía el teléfono, consideró que su mejor opción era bajar a ver si se cruzaba con él. Echó el cerrojo a su puerta y siguió la ruta hacia los sótanos del instituto con su cuaderno en la mano. La puerta principal del depósito subterráneo estaba entreabierta. No era una buena señal, Fran era más obsesivo que él en cuanto a quién tenía acceso a su territorio. Tocó la puerta tres veces. Como nadie respondió, volvió a tocar. Ante el silencio decidió entrar.

—Fran.

En el pequeño cuarto que antecedía la bodega de animales no había nadie, pero la papelería desordenada sobre la mesa de trabajo mostraba que Fran debía estar por ahí. El olor de este animalárium era fuerte, mucho más que el de la jaula de sus bonobos. Notaba otra cosa, una emanación penetrante como de formaldehído concentrado. Se acercó hasta la puerta tras la cual moraban los especímenes. El regulador circadiano había entrado en ciclo "noche" y los inquilinos reposaban en tinieblas. Miró por la ventanilla. Una gota de sudor le brotó en el principio de la nuca y comenzó a descenderle por la espina dorsal. Le pareció notar, entre la oscuridad casi absoluta, un volumen cuyo contorno difuso resaltaba ligeramente contra el piso.

Se colocó la bitácora entre la espalda y el pantalón para buscar libremente en sus bolsillos. Sus dedos dieron con el encendedor de Malula y lo utilizó para alumbrarse la entrada. Quedó aturdido por la ola de ruidos que le estalló encima tan pronto abrió la puerta del vivárium. Era la primera vez que tenía acceso, pues Fran nunca había permitido que nadie, ni siquiera Adrián, ingresara al recinto de los animales. Los miles de especímenes acostumbraban la penumbra con una periodicidad cronometrada y atribuyó su excitación a que estuvieran ante una luz tan puntual a estas horas. Lo pensó mejor: era la primera vez que estaban ante el fuego. Recorrían frenéticos la extensión de sus jaulas, aullando y azotándose contra la malla de metal. Sonidos estridentes surgían de cada garganta y se integraban al remolino que rebotaba contra las paredes del recinto, diseñadas para impedir que el ruido las traspasara, pero no para amortiguarlo en su interior. El coro de aullidos entrecortados, siseos y gruñidos llevaba una euforia de manada previa a la caza, de celebración al acto colectivo que había conseguido una presa, de luto gutural por la pérdida de un miembro.

Se acercó al bulto que yacía sobre el suelo. Separó levemente los labios, pero en contraste con su entorno no pudo emitir sonido alguno; Fran jamás volvería a hacerlo. No comprendía cómo habían podido dejarlo así: pequeñas laceraciones calaban el cuerpo ajado hasta la sequedad. Lentamente miró alrededor, pensando que el o los responsables, cualquiera que fuese su especie, podían estar todavía cerca, acechándolo. Sin moverse revisó con la vista las jaulas y sus escotillas, lo mismo que el suelo y los resquicios que pudieran servir como escondites. En la consola que controlaba electrónicamente el acceso a las jaulas los apagadores indicaban que estaban cerradas. No alcanzó a ver nada fuera de lo normal, aunque no podía estar seguro pues la visibilidad era casi nula aun ahora que sus ojos se habían acostumbrado.

Cualquiera que lo hubiese hecho volvería, pero no de inmediato, pensó. Salió con rumbo a su laboratorio, sin importarle ya quién se pudiera enterar de lo ocurrido con su último simio. Tenía que hacer algo por Fran, no importaba qué. Le tomó tres intentos pulsar la combinación de la puerta. Una vez adentro se acercó a la jaula. Ante la escena grotesca de Miguelito dormitando sobre el festín de linfa y vísceras de Álex, se sintió aliviado. Ni él ni sus experimentos habían tenido que ver con la muerte de Fran. Cuando se volvió para recoger las cosas por las que había venido quedó frente al pizarrón. Al ver lo que había escrito, Adrián se calcificó sobre sus propios huesos.

Te estacionas y revisas tu aspecto en el espejo retrovisor. Tienes los ojos ligeramente enrojecidos. Ha sido un día pesado. Desciendes de tu coche dirigiéndote al elevador que te llevará de aquel estacionamiento subterráneo a tu departamento. Aprietas el botón para llamarlo, esperando que venga vacío. Se abren las puertas y subes. Oprimes ahora el número 6 y mientras suspiras saboreando la soledad del ascensor sientes un roce intranquilo a la altura del talón. Bajas la mirada justo para ver cómo sobre lo blanco de tu zapato una cola gris traza una "S" y desaparece abultando la tela del pantalón. El horror de unas uñas arañándote la piel para avanzar contra la presión del lino se mezcla con la tibieza de la sangre que brota. Cuando ves que el bulto empieza a ascender, pataleas con todas tus fuerzas tratando de sacudírtelo. No sirve de nada y al ver que llega hasta tu rodilla te atreves a agarrarlo. Sientes sus pelos hirsutos contra la tela y su agitación por seguir avanzando. En cuanto nota que algo le impide el paso, empieza a retorcerse aún más entre tus manos, escarbando en tus músculos el ansia de su ascenso. Tratas de resistirte, pero el dolor te produce mareos y lo sueltas. Cuando sus dientes se clavan en tu muslo te desvaneces, sabiendo que no se detendrá hasta encontrar la madriguera que me busca en tu cuerpo.

Alguien había estado ahí. Inspeccionó nuevamente la jaula. Tuvo la misma impresión que el día anterior; le pareció que había menos sangre pero que resplandecía con un brillo extraño, húmedo. A pesar de la cerradura y de que la puerta estaba sellada para impedir cualquier tipo de contaminación o derrame, alguien había entrado mientras él estaba fuera. Posiblemente quien había dejado así a Fran. Volvió a mirar el pizarrón del laboratorio. Los trazos de gis letra mayúscula y quebrada arañaban al mismo tiempo el rectángulo negro y sus retinas, como si la palabra hubiera sido escrita directamente sobre ellas con: "CALIENTE".

Buscó la cubeta y una esponja en el armario. Tan pronto mezcló cloro y agua borró el pizarrón. Aunque las letras desaparecieron, Adrián siguió leyendo lo que decían, como si su sombra se hubiera incrustado en la superficie oscura. Fran aguardaba. Tomó un mechero de Bunsen y un tanque pequeño de gas, pues no sabía cuánto combustible quedaría en el encendedor. Al fondo del pasillo se cruzó con una mesa de disección arrinconada. Puso las cosas encima y la bajó en el elevador de carga.

Una vez más lo recibió el barullo de las bestias. Después de unos momentos se acostumbró a él. Se transformó en un rumor eléctrico que le zumbó en los tímpanos al encender el mechero con una flama azul y opaca. En cuanto se acercó a Fran la electricidad del zumbido se intensificó.

Le asombró la facilidad con que pudo colocarlo sobre la plancha de la mesa. Lo desnudó con sumo cuidado, desabrochándole cada botón de la camisa con las dos manos, tratando de que la tela no le rozara la piel. A pesar de recordar a la perfección lo aprendido en las prácticas de taxidermia, no pudo deducir qué habían hecho con Fran. Parecía momificado. Una muerte miserable le crujía en lo rígido del cadáver, del cual todo flujo vital había sido extraído.

Lo lavó con lentitud, dejando que la esponja comprimida descansara sobre cada parte del cuerpo antes de empezar a tallarla. Exprimía la fibra húmeda sobre los labios abiertos de sus heridas y la dejaba reposar sobre ellos un momento, como dándoles de beber, tratando inútilmente de saciar la sed que les había sido contagiada sin cura ni hidratación posible. Cuando acabó de limpiarlo se quitó la bata y lo cubrió con ella.

Apiló la ropa en un montón. Después, fue sosteniendo las prendas de Fran sobre la lumbre azul del mechero una a una, contemplándolas un momento mientras se encendían antes de dejarlas caer sobre la pequeña hoguera de textiles. Alrededor de Adrián, cientos de pupilas reflejaban desconcertadas la luz que bailoteaba en el centro. Un olor a chamusquina se mezcló con el de animales en cautiverio: aserrín sucio, comidas regurgitadas, excrementos frescos y otros que comenzaban a resecarse.

En cuanto la fogata menguó, apagó el mechero. Se incorporó despacio, los músculos se le habían acalambrado por estar en cuclillas. Su manzana de Adán brotó como una pieza de parafina al desabrocharse el primer botón de la camisa. Se tendió al lado de Fran como si la menor brusquedad pudiera quebrarlo. Con la gradación de la luz que se extinguía, los ruidos de las jaulas se fueron apagando hasta ser un rumor que se retraía a cada uno de sus emisores. Adrián abrazó la frialdad enjuta de Fran. Cerró los ojos al mismo tiempo que el silencio y la oscuridad los cubrían por completo, como una funda aterciopelada de sombra cada vez más penetrante.

Fuego

HABÍA comenzado a volver en sí al sentir un toque suave que se desplazaba por su cuerpo. Cuando abrió los ojos y levantó la cabeza lo primero que vio fue su propia caricatura duplicada y grotesca. Azorado por verse disminuido dentro del par de cristalinos se lanzó para atrás y se golpeó la nuca contra la mesa de disección. La herida de hacía dos días le inyectó una punzada de dolor que terminó por devolverle los sentidos. Su caricatura se alejó y el rostro de Malula apareció en primer plano; con el siguiente paso atrás, la sala donde yacía entró en el campo visual de Adrián. Dedujo que ella lo había despertado al registrarlo. Instintivamente se llevó la mano a la base de la espalda, donde permanecía el cuerpo rígido de la bitácora. No obstante, algo le faltaba.

—¿Dónde está Fran? —ronqueó sentándose de golpe. El cambio de posición lo mareó. Las magulladuras de los últimos días se extendían por toda su persona. Había perdido dos botones de la camisa, que se veía percudida y arrugada, igual que los guantes de látex sobre sus manos sudorosas. El pómulo ya no estaba inflamado. El tamaño se había diluido en una coloración violeta alrededor del párpado. La mordida de la nariz también comenzaba a cicatrizar. Le cubría las aletas nasales con una costra de incisiones pequeñísimas y simétricas. Unas cuantas motas de barba se le desperdigaban sobre las mejillas. Se veía todavía más delgado que de costumbre sin la bata puesta,

119

que descubrió a su lado, inerte sobre la mesa de disección. Sintiéndose desnudo la tomó arrebatadamente para ponérsela. Mientras se la abrochaba levantó la cabeza en dirección a Malula, esperando una respuesta. Era la primera ocasión que en vez de pantalones la veía usando un vestido, entallado y blanco; encima llevaba, como siempre, la bata. Algo masticaba en silencio. Una manzana. Estiró el brazo para ofrecerle una mordida.

—¿Quieres? Seguro que andas sin nada en el estómago. Por eso estás tan tilico.

Adrián declinó con un gesto de la mano, que después se llevó nuevamente a la nuca.

—Te pregunté por Fran.

Malula levantó los hombros.

—Hace rato que no se aparece, pero no te preocupes, debe andar por ahí —la voz de Malula sonó dulce en medio del silencio que colgaba como un jarrón en el aire con dirección al piso. Miró a su alrededor. El regulador circadiano había entrado en el modo "día" y las luces estaban encendidas, pero algo más había cambiado. Parecía que alguien le había sustraído el volumen a la escena. Contempló el interior de las jaulas. Los animales se agazapaban adentro. Estaban callados pero se mostraban inquietos, como poseídos por una ansiedad que contenían mal.

—¿Y tú qué haces aquí abajo? —le preguntó con suspicacia a una Malula casi divertida que desde su media manzana, a la que robaba pequeños mordiscos, lo estudiaba como si comprobara algún chisme recién escuchado sobre él. En el disco de jade que eran sus iris, las pupilas brillaban como puntas de obsidiana, que las pecas replicaban sobre las mejillas y el brillante sobre la nariz.

—Vine a buscarte. Para variar tú también estabas medio desaparecido. ¿Ya viste qué horas son? Últimamente no es raro que llegues a las quinientas, pero tu taxi robado estaba ahí en el estacionamiento, así que me imaginé que por aquí andarías. ¿Ves?, te dije que tarde o temprano ibas a terminar mudándote aquí.

Le acercó la mano que tenía libre. Adrián la evitó. Se tocó la espalda, apretando la bitácora con fuerza. Malula detuvo la mano en el aire como para darle seguridad y luego, muy lentamente, le colocó el dorso sobre la frente.

—Estás hirviendo —depositó la fruta sin terminar en uno de los bolsillos de su bata y se acercó para ayudar a Adrián a incorporarse—. Mejor salgamos de aquí, no vaya a ser que les contagies algo a los animales.

Malula lo condujo al pasillo. Su locuacidad afable lo tranquilizaba. Adrián comenzó a soltarse. Caminaron con la misma cadencia, el pie derecho de Malula tocando el linóleo al mismo tiempo que la planta derecha de Adrián, quien se recargaba en ella para dar cada paso.

Subieron las escaleras despacio, como dos globos con apenas suficiente helio para mantenerse a flote. Continuaron la misma sincronización callada hasta que Adrián se detuvo frente a una ventana en el rellano de la escalera. Abajo aparecía el estacionamiento. En uno de los tres cajones reservados para las autoridades del instituto distinguió el coche de Rólex. Recién encerado alardeaba su lujo brillante, aun bajo un cielo aborregado. O sea que la alimaña también anda por aquí, pensó.

Malula lo jaló del brazo para seguir adelante. Adrián notó que por primera vez en mucho tiempo estaba dentro del instituto sin haber tenido que franquear la hostilidad del sindicato. Lanzó miradas recelosas en todas direcciones. Los pasillos se extendían infinitos en una pulcritud sin contornos, sin gente y sin ruidos. El edificio estaba más desolado que nunca; tanta calma auguraba borrasca.

—Hoy toca el convivio del sindicato —acotó Malula como leyéndole la cabeza.

Rólex les concedía plena libertad sobre las instalaciones como una de sus tácticas para que se mantuvieran de su lado. Había asignado la fecha del 15 de septiembre para ahorrar presupuesto, pues muchos faltaban por el puente del grito de Independencia. La certeza de que ningún investigador se aventuraba a ir ese día, declaraba al instituto territorio libre para los sindicalizados y su celebración anual, siempre acompañada por una leyenda negra de desenfreno.

—Vamos a la cafetería, necesitas por lo menos un café de maquinita.

—¿Estás loca? Lo que hay que hacer ya es comparar lo que vimos ayer con los registros de mis experimentos anteriores. Además tenemos que revisar la bibliografía que podamos encontrar aquí. Vamos a la biblioteca.

—Pero te ves mal, Adrián. ¿Por qué no te acuestas un rato en tu oficina y mientras yo voy haciendo eso?

—No.

—Si me dejas ver tu bitácora tal vez resolvamos esto más pronto. Todo problema arranca desde la narrativa que lo construye. Ahí es donde puede hallarse la respuesta que buscas, pero tu área es demasiado subjetiva. Otro par de ojos seguro te ayudarían.

—Que no.

—¿Por qué no me la quieres enseñar?

—Porque hay más de lo que te imaginas.

—A la mejor también hay más de lo que te imaginas tú, pero no podrás estar seguro si no me das acceso. O por lo menos explícame qué es lo que buscas ahora.

—Tampoco.

—Por eso tienes el presupuesto vigilado, porque nadie tiene idea de qué haces aquí.

Adrián se separó de un salto quedando apoyado contra el barandal.

—El presupuesto me lo estranguló Rólex porque le caigo mal y porque es un hijo de la chingada. Punto.

—De acuerdo. ¿Y eso qué tiene que ver conmigo? ¿Por qué no me dices a mí?

—Por principio. Tú nunca me hablas de los proyectos confidenciales a los que te mete Rólex. Además, siempre has estado en contra de lo que hago, ¿por qué de repente te interesas tanto en mi bitácora? ¿Cómo sé que no la quieres para dársela a él?

Malula sonrió con impaciencia y movió la cabeza, lo tomó con fuerza de la muñeca y lo jaló hacia sí.

—Mira, no me enseñes nada, pero deja de decir tonterías. No quiero que nos atrasemos por discutir.

Sin soltarlo lo condujo a la biblioteca, la cual se ubicaba en la parte superior del instituto. No era muy grande, pues cada vez mayor parte del acervo era electrónico. Pasando el escritorio del bibliotecario ausente había una hilera de seis computadoras con acceso a las revistas y bases de datos más reconocidas. Una impresora a cada costado servía para imprimir los artículos que necesitaban los investigadores. En un pequeño recinto al lado había varias torres con CD y otros dispositivos de memoria que almacenaban los archivos de cientos de publicaciones.

Al fondo había todavía unas cuantas filas de anaqueles, donde apenas algunos centenares de libros y revistas empastadas recogían el polvo que la falta de consulta les depositaba sobre el lomo. En medio había una larga mesa rectangular de madera. Adrián pasó de largo las computadoras y se dirigió directamente a los tomos de papel.

Malula no contrarió su arcaísmo necio. Lo siguió y se sentó en una de las sillas de plástico anaranjado sobre tubos negros. Tan pronto Adrián comenzó a recorrer lentamente cada uno de los pasillos, como en una primera expedición exploratoria, le cambió el semblante. Le dedicaba a cada anaquel una concentración absoluta. Cuando se detenía frente a un volumen en particular, le repasaba el índice con su índice enguantado y una expresión idéntica a cuando blandía el escalpelo en la autopsia de sus animales.

Caminó cada vez más rápido de una sección a otra, revolviendo las repisas, seleccionando libros, acumulando sobre la mesa el material que podía serle útil: tomos sobre evolución, virología, roedores e incluso los que prácticamente conocía de memoria sobre etología y primates; lo que no le servía simplemente lo dejaba caer al suelo. Pronto varios estantes mostraban chimuelos el rastro de su paso. Las pilas de libros denotaban un orden caprichoso pero obsesivo alrededor del espacio que había reservado para su bitácora en la mesa. Adrián siguió recorriendo los pasillos, aunque ya no tomaba ningún ejemplar nuevo, sólo repasaba los estantes con fruición.

—¿Dónde está? ¿Dónde está? —murmuró.

—¿Qué buscas?

—Necesito encontrar *El origen de las especies.*

Finalmente dio con el volumen justo en el centro de la parte alta del corredor intermedio. Lo arrancó y lo llevó a la mesa donde tomó asiento. Abrió el libro y extrajo su bitácora de bajo la bata. Seguía los renglones con inquietud, moviendo violentamente la cabeza de un lado a otro, como si tratara de que su nariz le indicara el rumbo olfateándolo en el aire. Después consultó los demás textos a saltos y comenzó a anotar en su cuaderno.

—No tiene caso preguntarte si quieres que busque en las computadoras, ¿verdad, Adrián?

No obtuvo respuesta. Malula se acodó sobre la mesa, entrelazó los dedos y apoyó la barbilla sobre ellos para contemplar el proceso y esperar la siguiente fase.

15 de septiembre

Estas anotaciones serán necesariamente imperfectas. No puedo proporcionar todos los resultados que he recopilado en los últimos años ni citar con exactitud algunas de mis referencias. Es posible que se hayan filtrado algunos errores, aunque creo haber consultado a los mejores especialistas de cada tema. Sólo podré delinear aquí las conclusiones generales a las que he llegado, ilustrándolas con algunos hechos que, espero, sirvan cuando menos como ejemplo.

Un sistema no podrá ser descifrado a menos que se comprendan sus elementos como un todo. El muérdago, por ejemplo, obtiene su alimento de algunos árboles, sus semillas deben ser transportadas por ciertas aves, y sus flores, con aparatos reproductores diferenciados, requieren la agencia indispensable de ciertos insectos para llevar el polen de una flor a la otra. Entre más compleja sea su estructura, más determinante se volverá este principio. Y aunque no se puede estudiar un sistema desde dentro del mismo, en este caso no hay alternativa pues el ecosistema en cuestión es la ciudad de México.

A pesar de estar en desacuerdo con el punto de vista de la doctora M. Maldonado, he de reconocer que algunas de sus observaciones apuntan en la misma dirección que las mías (y en contra de una percepción muy generalizada). Incluso en el mundo científico circula la creencia de que el medio ya no nos modifica, pues ahora nosotros lo modificamos a nuestra voluntad. Esta idea no podría estar más equivocada, pues según ella la evolución se habría detenido o avanzaría a nuestra voluntad.

La contaminación ha introducido al medio ambiente grandes cantidades de químicos sintéticos que, como Bennett y Bilton probaron, una vez sueltos pueden aumentar su impacto al mezclarse libremente entre ellos o con otras sustancias en la atmósfera. Dichos niveles de contaminación han creado condiciones de vida fuera de los límites previos de la experiencia biológica, cuyos efectos son todavía desconocidos e impredecibles aunque comienzan a presentarse.

Algunos síntomas han empezado a manifestarse en los organismos que habitan el ecosistema urbano. Los pájaros, por ejemplo, muestran muy poca capacidad de adaptación y han comenzado a caer como una lluvia irregular de cadáveres intoxicados; las especies de aves que existen en el Valle de México han sido diezmadas, salvo algunas que han logrado resistir debido a su particular naturaleza, como las palomas, subespecie paralela a las ratas por el estado actual de cloaca que tiene el aire. Los mamíferos, incluyéndonos, mostramos distintos grados de la misma afección.

Podría solazarme en el papel atribuible al azar en el rumbo que tomaron mis experimentos y ahora estas conclusiones; pero no hay coincidencias, el universo es un mecanismo perfectamente sincronizado. Que todos los gases hidrocarburos necesarios estuvieran disponibles en el laboratorio el día en que decidí incorporar la mezcla polutiva a mis primates, no pudo ser casual.

El cautiverio extirpa las presiones ecológicas que pueden repercutir sobre la competencia intragrupal por recursos como comida y territorio. Es evidente que mis especímenes se ven privados de algunos factores polutivos que afectan a los humanos como la aglomeración en espacios reducidos, la traslación a velocidades antinaturales, la contaminación visual y auditiva. Aunque puedo ufanarme de que mi compuesto iguala perfectamente la composición química de la polución en la ciudad, en los experimentos que recientemente llevé a cabo decidí incrementar, según lo que calculé como proporcional, la dosis de hidrocarburos al cerebro para acercarme a una reacción equitativa. Reconozco que posiblemente me excedí, pero fue apuntando instintivamente como mi tiro dio en el blanco.

Debo aclarar que la mezcla inoculada sólo excede levemente los mismos químicos de la contaminación a los que estamos expuestos a diario los habitantes de esta ciudad. En varias ocasiones el índice atmosférico ha sido muy semejante al mío, y podrían igualarse en cualquier momento, por ejemplo, al bajar la temperatura en el invierno próximo. Para los especímenes involucrados en el experimento fue como si hubieran estado tres días seguidos bajo una inversión térmica acendrada; nada más.

Dos observaciones se desprenden de mis resultados. La primera, que Simón y Vicenta en lugar de canalizar como siempre la agresividad contenida y propia del acto sexual, saltaron a la violencia desenfrenada con que se acabaron mutuamente. Y la segunda, que mis tres últimos bonobos reaccionaron de la misma manera bajo la dosis polutiva que la rata sin ella.

Uno de los errores más comunes en ciencia es dedicar años de trabajo a elaborar una explicación compleja, sin considerar la posibilidad de que la solución al problema radica en la sencillez de lo evidente. Tal vez nos espante que un argumento simple que parte de premisas aceptables puede inexorablemente conducir a una conclusión inaceptable. Siguiendo este principio de sencillez, lo más probable con respecto a la segunda observación es que la respuesta radique en una cuestión de escala: el tamaño menor de la Rattus norvegicus la hace más susceptible a la polución ambiental. Lo cual se acentúa por habitar al mismo nivel donde emanan los principales efluvios contaminantes, como los escapes de automotores y el drenaje.

Por no tratarse de mi área de especialización, repasaré algunos aspectos generales a partir de los estudios de Hilton y Mullabar. No hay compañero más universal del hombre, pues este roedor se extiende por todos los rincones habitados del planeta, en la mayoría de los casos antecediendo cualquier registro humano. Su instinto es inigualable, por eso para matarlas es necesario usar un veneno fortísimo que las acabe con sólo una pequeña probada, pues no comen lo que les hace daño. Pueden vivir de cualquier cosa y en general no atacan al hombre con fines alimenticios más que cuando éste yace en sus extremos, cebándose con cadáveres humanos o bebés pequeños. Sin embargo, su capacidad de adaptación y supervivencia supera a la de los bonobos y por ende a la de cualquier otro primate, con excepción del hombre. Aunque ahora esta premisa habrá de ser cuestionada.

Las escuelas de Barraza y Aceves concuerdan en que la rata ocupa, según ciertos criterios, el tercer lugar en la jerarquía de la inteligencia animal entre los mamíferos, después del hombre y el chimpancé. La capacidad de manifestar una conducta aparente para ocultar intenciones hostiles, como simular distracción hasta que la presa o el adversario se encuentre en desventaja, es característica de los primates. A pesar de no ser común en ningún otro grupo animal aparte de los simios, éste fue precisamente el comportamiento desplegado por Miguelito ante Álex cuando fue introducido en su jaula. La rata sabía. No sólo fingía un atontamiento que le permitía ganar tiempo y disfrazaba la maniobra que planeaba, sino que también parecía estudiar las intenciones del simio. Incluso, no puedo quitarme la impresión de que Miguelito se dejó atrapar cuando di con él. El instinto, que Darwin llamó "poder mental de los animales", le está permitiendo a la rata gris de alcantarilla aprender más rápido que otras especies con inteligencia superior.

Las estadísticas oficiales estiman que en proporción hay diez ratas por cada habitante humano en esta ciudad. Puede parecernos una cifra escalofriante. Sin embargo, tomando en cuenta la condición a la que hemos llevado este ecosistema, las ratas pueden tener una percepción equivalente. Sin duda, su instinto debe indicarles que un humano por diez de ellas implica demasiado riesgo. Comienzan a sentirse amenazadas por nosotros.

Los seres humanos somos, con excepción de ciertos roedores, los mamíferos más numerosos sobre la tierra. Un repaso a los censos mundiales muestra que mientras en las ciudades desarrolladas los niveles de reproducción humana se desploman —al grado en que el índice de migración sobrepasa al de natalidad y los gobiernos necesitan descontar impuestos para que la población tenga hijos— las ciudades tercermundistas florecen. A lo largo de un lustro he recabado suficiente evidencia para ratificar que la presencia de diversos factores como el bajo nivel de vida, la desnutrición, el estrés y en especial la polución, contrario a lo que se podría pensar, producen una progresión geométrica de las especies. Esto se debe a que la presencia constante de dichos factores induce la producción sostenida del factor clave: adrenalina.

Dicha sustancia es la gasolina metabólica de la supervivencia, que en el presente inmediato es la manera de perpetuar la especie. Cuando factores externos hacen que la adrenalina se produzca de manera ininterrumpida, ésta comienza a sintetizarse con los corticoides, haciendo que el presente se extienda ilimitadamente y la reproducción de la especie aparezca como una respuesta natural para aumentar las posibilidades de supervivencia.

Al tercer mes de vida las hembras de Rattus norvegicus ya son fecundables y pueden tener de cinco a ocho camadas por año, con cuatro a doce crías en cada una. El periodo de gestación es de tres semanas y las ratitas pueden comenzar a reproducirse en tres meses. Ni siquiera los nueve mil bebés humanos que nacen cada hora se comparan al potencial de esa escala. El número de crías que una rata cualquiera puede tener y la velocidad con que estarán listas para parir, la hace capaz de tener en un año una descendencia de cinco mil ratas. Aplicando principios de multiplicación pura, la progenie de una sola hembra podría concebir en tres años veinte millones de congéneres.

Según las averiguaciones del doctor Rieux cuando estudió los orígenes de un mal semejante, desde que el hombre surcó los mares sus embarcaciones siempre han albergado una alta población de ratas; pero los barcos utilizados para transportar sal se han caracterizado por tener un índice muy superior al de cualquier otra nave. Antes se pensaba que las hembras quedaban preñadas sin necesidad de aparearse por haber lamido sal. La explicación real es que al provocar comezón en los órganos genitales la salinidad incitaba a las ratas a aparearse. Una salinidad semejante a la de aquellos navíos es causada por la acidez de la contaminación y los escozores que produce son todavía más ardientes.

Mis propios experimentos indican una causa adicional: placer.

Bajo la polución profunda de la ciudad el celo despierta estos apetitos, pero también el percibir los síntomas que muestran el flujo de adrenalina en el cuerpo del oponente, como cierta sudoración particular y la piloerección.

Las ratas blancas (Mus mus musculus) no reaccionaron ante mi preparación debido a que sus condiciones de cautiverio absoluto las transforman en una especie prácticamente asexuada. Pero cuando la variedad de rata de alcantarilla nota estas manifestaciones corporales del miedo, le acontece una reacción endorfínica placentera que fustiga ciertos trimalciatos; su instinto convierte automáticamente a cualquier criatura estresada en un adversario al cual deberá poseer mediante la muerte.

Así, el placer de la cópula se comienza a asemejar al placer agresivo de la violencia. Este nuevo rol de la adrenalina como estimulante tanto del apetito sexual como del sanguinario podría transformar a las especies amenazadas en depredadores potenciales.

El clima de miedo en que la inseguridad de la ciudad hace vivir a la población humana ha terminado por enloquecer ambos apetitos en estos roedores. En el transcurso de la evolución la batalla entre dos especies en competencia por los mismos recursos nunca ha sido una confrontación directa. Hasta ahora. El escenario de doscientos millones de ratas atacándonos hace que la pesadilla de ciudad que habitamos parezca un cuento de hadas, sobre todo si el ritmo de reproducción se ha acrecentado de acuerdo con la dinámica biológica recién descrita.

Hay un último elemento determinante en este proceso: la ciudad se está hundiendo. El ritmo paulatino de su caída nos dificulta percibir las consecuencias que este descenso traerá a la larga. Las cañerías y demás entubados se dislocarán hasta desangrarse. Su colapso y mezcla traerá efectos imposibles de remediar y disparará los niveles de contaminación. Una ciudad sedienta dejará de recibir agua potable (no así las ratas), al mismo tiempo que las aguas negras cesarán de abandonarla y se verterán en ella. Los derrames ocasionarán cortos circuitos en los cables subterráneos y las telecomunicaciones se fracturarán ante el peso del concreto al claudicar. Y aunque suceda gradualmente, no hay duda de que la ciudad se acerca al infierno donde terminará desplomándose.

Los hechos que presencié en el Zócalo hace un par de días indican la posibilidad de que la condición de Miguelito sea común a la mayoría de las ratas en la ciudad de México. Su instinto es más aguzado que el nuestro y están cada vez mejor adaptadas a la realidad que hemos creado, por lo que deben estar al tanto de esta cuenta regresiva al caos. Como en una exageración de los ecologismos de la doctora Maldonado, ciertas especies parecen haber optado por tomar la superficie antes de que se les desplome encima. Sólo necesitan cumplir un pequeño requisito previo: quitar al depredador que tienen encima.

Cuando los recursos no son sólo escasos sino que se encuentran al borde del agotamiento, la intensidad de la competencia mutua entre organismos es la influencia selectiva dominante. Las ratas sólo atacan cuando se ven acorraladas, pero nosotros las hemos arrinconado casi tanto como lo hemos hecho con nosotros mismos. Será una guerra entre mamíferos por el control de la superficie, una batalla a muerte, sangrienta como pocas, puesto que ambas especies lucharán por su supervivencia y ninguna puede escapar ni esperar clemencia.

Lorenz halló que, faltos de espacio o comida, los roedores podían atacarse al punto del canibalismo. En nuestro caso no tendrán necesidad, pues en el momento en que tomen la superficie contarán con espacio suficiente y, gracias a nosotros, alimento.

La inminencia del primer ataque es evidente. Las ratas se ven afectadas por las multitudes. Ningún suceso en el año aglutina tanta gente en las calles como la fiesta del grito de Independencia. El mayor asentamiento de ratas en la ciudad se encuentra en el corazón del lago que yace enterrado bajo la Plaza Mayor. Esta noche el índice de contaminación es sumamente alto, en particular en la zona centro. Las condiciones son propicias para que ese primer ataque sea ahí. Hoy.

Adrián se vertía en las anotaciones que garabateaba en su bitácora, el rostro congestionado por el esfuerzo. Cada tanto soltaba la pluma para buscar una cifra, leer unas conclusiones. Malula lo contemplaba aburrida. Miró su reloj y sonrió. Se enfiló hacia la puerta. Ante el movimiento, Adrián levantó la cabeza por primera vez en más de dos horas.

—¿A dónde vas? —preguntó casi brincando.

—Al convivio

—¿Qué? No puedes hablar en serio.

—Pues no veo la razón para seguir aquí mientras anotas como loquito en tu libreta. Creo que mis intenciones de llegar al fondo son más serias que las tuyas. Juntos tal vez ya lo hubiéramos logrado.

—¡El fondo está aquí! —le gritó Adrián alzando la bitácora con las dos manos enguantadas, los dedos crispados sobre la cubierta.

—Tal vez, pero ya me aburrí —sus iris se alargaron y oscilaron un poco—. Apuesto a que los del sindicato van a saber entretenerme mejor que tú.

—¡Aquí está todo! —gritó Adrián— ¡Sólo necesito interpretar los resultados de manera correcta! —desesperado por retenerla incluso agregó—: ¡Son las ratas! ¡Están a punto de liquidarnos!

—¿Para qué se cansan? Nosotros solitos podemos. Si cambias de opinión, ya sabes dónde voy a estar —y salió envuelta en el eco de una carcajada que se estrelló contra las paredes de la biblioteca como una cubeta de pintura roja.

15 de septiembre

Aun suponiendo que las conclusiones recién expuestas acerca de la Rattus norvegicus *fueran infundadas, el siguiente punto que argumentaré es innegable pues cualquiera que recorra esta ciudad sufrirá la evidencia en carne propia. Las ratas sólo manifiestan con* mayor claridad un comportamiento que comienza a volverse la norma. Nada impide pensar que las reacciones observadas no estén afectando de manera similar a los demás mamíferos de la urbe. El caso más evidente es el de los humanos, cuya agresividad se dirige primordialmente contra otros humanos, claro indicio de que ambas especies coincidimos respecto a cuál de las dos es la amenaza.

Como lo probaron las investigaciones de campo de Pastor Nieto, los humanos, al igual que el resto de los primates, logramos la comunidad mediante un complejo sistema de enfriamiento social que evita el conflicto y permite manejar sus consecuencias cuando éste aparece, salvo en condiciones extremas. En la ciudad de México lo extremo se ha vuelto cotidiano y en este ambiente nuestra propia biología parece condenarnos a la guerra.

Las ciudades tercermundistas se han vuelto el nicho natural del conflicto. En algunas urbes el problema comienza a convertirse en algo semejante a la peste bubónica que acabó con la tercera parte de la población europea en el siglo XIII. El crimen es la manifestación más violenta de este mal, que los habitantes se resignan a contagiarse con sólo salir a la calle, conservando la esperanza de que por lo menos los deje con vida después de sufrirlo. Aunque se respira en el ambiente, su transmisión se da por otras vías.

Así sea de manera potencial, dicha violencia está en cada uno de nosotros. Desde nuestros orígenes la agresividad nos ha servido como un factor de adaptación biológica. Sin embargo, el número de individuos que carece del mínimo control sobre sus impulsos inmediatos ha crecido de manera agigantada. Los psicópatas que cometen crímenes violentos pueden llegar a mostrar una absoluta indolencia hacia los sentimientos de sus víctimas. Los habitantes de la ciudad muestran diversos grados de esta condición, ya sea por la volatilidad generalizada de arranques violentos, ya por una absoluta indiferencia al resto de los suyos.

Cualquier trabajador acumula a lo largo de un día suficiente irritación como para llegar a su casa a patear al gato o a gritarle a *su familia. Hay un alto número de casos en los que un acto de furia parece desproporcionadamente salvaje cuando se compara con la provocación del mismo. Storr demostró que el resentimiento se almacena en la memoria a largo plazo. Las situaciones traumáticas se mantienen vivas como recuerdos y convierten dicho estallido violento en una venganza contra toda una serie de rechazos, humillaciones, miedo, insultos, horas de embotellamiento bajo el sol y abusos que individualmente jamás hubieran podido ocasionar semejante respuesta. Esta ciudad concentra en un mismo territorio a millones de personas que incrementan el número de esas experiencias mediante el contacto involuntario en espacios reducidos y el intercambio de anécdotas siguiendo, según sugiere Revneanu, la práctica atávica de tejer una imagen del mundo mediante historias y vivencias comunes que se cuentan al final de la jornada como antes se hacía frente a la hoguera. No hay razón alguna para dudar que el almacenamiento colectivo de esta rabia incendiaria la haga más volátil y contagiosa, acercándonos al punto en que semejante cúmulo se volverá socialmente explosivo.*

Mis investigaciones previas me demostraron que basta juntar dos simios para que comiencen a inducirse estados emocionales colectivos mediante cierta mímica social: todo gesto atrae una respuesta empática en la misma sintonía. El cortejo y el reto no son sino parte de una invitación al mismo estado de ánimo. Desnudar los dientes apretados indica sumisión y mostrar los incisivos o sostener la mirada, desafío. Los humanos tenemos nuestra propia mímica, pero hemos alterado algunos gestos clave para responder a la agresividad de la ciudad con una agresividad defensiva.

Dar la mano o saludar de lejos son símbolos de paz: una prueba de que no hay armas o intenciones ocultas. En la ciudad de México hemos desarrollado un gesto de fricción para intentar distanciarnos del contacto humano involuntario: sostenernos la mirada. Al negar así todo protocolo de paz o reconciliación negamos también el principio que nos ha permitido convivir durante cientos de miles de años. Baste un ejemplo contemporáneo: ante el confinamiento en un espacio reducido como un elevador, los tripulantes miran los números de los pisos para evitarse la mirada y con ella el conflicto. Ahora, mediante el gesto mecánico de buscarnos los ojos durante cualquier contacto en exteriores, como un roce en el metro o al rebasar a otro automóvil, lanzamos un desafío abierto que agrava el mal, y nos profundiza el miedo al sabernos más expuestos a la agresividad.

Este reflejo aprovecha nuestra mímica empática para contagiarse al mayor número de organismos en el menor tiempo posible. Es imposible determinar cuántas exposiciones son necesarias para que un individuo saludable se infecte, pero el ritmo al que corre la epidemia sugiere que sean pocas.

Los síntomas son evidentes. Como dedujo Châtelet, cada cuerpo y cada punto del espacio ha recibido una porción de fuego en razón de su volumen, que encerrado en el centro de todos los seres los vivifica, los anima, los fecunda, mantiene el movimiento entre sus partes y les impide condensarse enteramente. Por eso los cuerpos arden mediante el frotamiento, que aumenta el fuego contenido en su sustancia. Los cuerpos se vuelven luminosos según haya aumentado la fuerza que encierran: se enrarecen, arden; basta tallar dos piedras para convencerse.

El único síntoma físico de este mal se da en los ojos. El enrojecimiento de las órbitas oculares no se debe tan sólo a la irritación por los hidrocarburos de la contaminación. Es ocasionado por la fricción de la mirada vil y es la manera del cuerpo para denotar que el mal arde en la sangre; su naturaleza es febril y se transmite a través de la mirada.

La selección natural también acontece en la calle. Si uno no sabe hacer el movimiento de agresión, de defensa o de cortejo, no deja herencia, no se reproduce, no sobrevive. La explicación última de la conducta de cualquier individuo, como Darwin dejó en claro, sólo puede entenderse considerando que dicha conducta tiende a maximizar sus posibilidades de supervivencia. Con esta reacción ocular

sucede lo contrario. Esta inversión en el principio más elemental de
la selección natural nos empuja directamente al abismo.

Para explicar por qué sostenemos la mirada, lo mismo que para
explicar por qué dobla el cuello un ganso en celo, es necesario co-
menzar por las unidades más elementales de la biología. Si dividi-
mos la realidad en niveles, los genes nos proporcionan el más con-
creto. Para que un rasgo se fije en una población necesita haber
mediación genética. Los genes construyen al cerebro y moldean su
estructura para responder a un estímulo. Un gen se expresa en pro-
teínas y el mal, según este principio, debe constar de proteínas íg-
neas que se encienden con la fricción de la mirada agresiva. En
sus artículos clínicos más recientes, Barona Gómez asegura que el
hueco entre genes y cultura sólo se puede salvar a través del sistema
nervioso.

Como sabemos a partir de la observación de insectos, en espe-
cial las moscas Drosofila melanogaster de ojo rojo estudiadas por
Muraro, hay secuencias de comportamiento complejo, como las
relacionadas con atrapar presas o cavar guaridas, que están graba-
das directamente en el sistema nervioso. En este caso, al incrustarse
en nuestro sistema, el mal teje un ciclo entre recibir la mirada y
mirar de vuelta, dislocando los mecanismos que normalmente nos
hacen evitar el conflicto.

Aunque aventurado, no es inverosímil que el mal a cargo de la
deformación de los patrones de conducta humana en esta ciudad
anide también en el sistema nervioso central. Ahí, como el amor
(feniletilamina) o la memoria (serotonina), las condiciones sosteni-
das de estrés pueden inhibir o incrementar alguna sustancia presen-
te en nuestro cerebro que: a) aumenta desmedidamente con los
hidrocarburos presentes en la ciudad de México, b) se excita frente
a la adrenalina, c) produce una indiferencia absoluta hacia lo que
les pasa a los otros y d) nos lleva a la confrontación.

Ante el presente sólo podemos responder con acciones reflejas,
pero al tener conciencia de las consecuencias probables de nuestras

acciones y poder visualizar alternativas, elegir una sobre las otras y hacer que suceda, podemos definir el futuro. Este proceso puede ser concebido, siguiendo los experimentos de Romo y Lemus sobre macacos, como una compleja secuencia de eventos neuronales que se desdobla a partir de la activación de los receptores sensoriales y desencadena la actividad motora. Luego entonces, el futuro de la humanidad radica en su sistema nervioso central. Alterándole las coordenadas ligeramente, aunque sea por un grado —una mirada—, todo puede cambiar de rumbo.

—Lo encontré —musitó Adrián agotado por el esfuerzo de varias horas.

Una sonrisa de victoria y a la vez de miedo zigzagueó en su rostro pálido, marcado por ojeras cenicientas. Tenía que mostrarle a Malula. Sin embargo, le repugnaba la idea de acercarse al convivio y más aún a Rólex, pero lo más probable es que sólo se hubiera asomado. Miró por la ventana. Comenzaba a atardecer. Incluso podía ser que una buena parte del sindicato ya se hubiera ido. Decidió probar suerte primero en su oficina. Al recorrer el pasillo donde estaban los cubículos vio que el de Malula estaba abierto. Se asomó y encontró a la computadora adormilada en los sueños del protector de pantalla. Sobre el respaldo de la silla descansaba su bata. Adrián la miró con extrañeza, como si se hubiera desprendido de una epidermis que la acompañaba siempre; archivaba perfectamente cada recuerdo que tenía de Malula y jamás recordaba haberla visto sin ella por el instituto. La tomó entre sus manos y pudo sentir la presión que su cuerpo acostumbraba imponerle. Se la llevó al rostro e inhaló el perfume que desprendía. Sintió algo sólido. Al recorrer los bolsillos encontró los restos de la manzana que mordisqueaba cuando lo buscó en el bioterio. Una película de óxido marrón se le tejía sobre la carne. Dejó la bata donde la había encontrado y la acercó a sus ojos, tratando de reconstruir la boca de Malula en las ausencias de la pulpa. Se dio cuenta de lo seco que tenía la lengua y el paladar. Se llevó la manzana lentamente a los labios. La mordió. Un sabor a ceniza amarga se le incrustó en la boca. Aun así tragó el bocado que demoró en pasar por la garganta; el gusto permaneció ante la ausencia de saliva. Tiró el corazón de la fruta en el basurero y salió en dirección al salón de actos.

La puerta estaba cerrada y tras ella sólo había silencio. Demasiado tarde, pensó Adrián, ya se fueron. Le extrañó que los del sindicato se hubieran ido tan pronto ahora que tenían línea franca para sus correrías. Una tenue rebanada de luz que se filtraba entre la puerta y el suelo le permitió ver que había cierta iluminación adentro. Se acercó más. Alcanzó a oír algunas risas apagadas. Cubrió el picaporte con la blancura enguantada de su mano y lo hizo girar despacio. Procuró que no chirriara mientras seguía con su nariz la rendija que hacía cada vez más grande.

Sólo la última hilera de focos empotrados en el techo alumbraba una esquina del salón. Lo demás se mantenía en una penumbra contra la cual se delineaban dos sombras inclinadas. Estiró la mano hacia el apagador. Tras un relampagueo las sombras se reincorporaron al terreno de la carne.

Sobre la mesa, rectangular y alargada, el mantel azul oscuro de ceremonias mostraba el contoneo de ambos cuerpos, formando una cascada de paño que se derramaba al suelo. Vasos de unicel, servilletas, platos usados, restos de botanas y bebidas se esparcían desordenados sobre el piso y la mesa. La luz resplandecía sobre los muslos de Malula, que el vestido dejaba ver hasta la mitad. Bajo éste desaparecía el brazo de Rólex.

Ante el impacto de luz, parecían dos ladrones sorprendidos. Se volvieron hacia la puerta desde donde Adrián los fulminaba todavía estupefacto. La mano de Rólex se quedó quieta y, muy a su pesar, comenzó a retirarse. La mirada de Malula se escurrió al suelo como la piel recién mudada de una serpiente.

Su vestido se deslizó en una caída lenta de tela, de la cual terminó de salir la extremidad de Rólex. Un brillo satinado le resplandecía sobre tres dedos, con los cuales tomó la botella de vino más cercana y bebió a tragos largos. Al terminar, su sonrisa de dientes amarillos apareció entre sus labios retintos como si alguien abriera una bragueta. Acercó la botella a los labios de Malula, que negó con la cabeza sin levantar la vista. Rólex cambió la botella de mano y midió desafiante a Adrián, regocijándose en la mirada que éste le dirigía. Se puso la mano a la altura del rostro y se paseó los dedos por debajo de la nariz, hinchando las aletas nasales y aspirando ruidosamente.

—Este bouquet, doctor Ustoria, supera decididamente al de cualquier vino. Proviene de un mosto mucho más rico que, desgraciadamente, usted no ha tenido la fortuna de catar.

Malula se separó de él con un empujón, al mismo tiempo que Adrián embistió. Rólex lo esperaba con la botella en alto. La violencia de la colisión le hizo fallar el golpe y el vidrio se estrelló contra un hombro del científico.

Ambos salieron despedidos en contra de la mesa, que se derrumbó cubriendo a Adrián con el mantel y demás desperdicios. Malula emitió algo que bajo el paño oscuro sonó como un sollozo. Con la mano sobre el hombro trató de incorporarse. Al ganar pie un extremo de la tela azul se levantó lo suficiente para descubrirle un zapato de charol dando un paso en su dirección. Se lanzó con las piernas por delante como si tratara de atajar un balón. Su empeine creyó adivinar un tobillo en el impacto. Escuchó algo rebotar con un ruido seco contra el piso y mientras manoteaba para quitarse el mantel, el silencio le confirmó que había sido la cabeza de Rólex.

Al quedar libre volvió a ver la luz pero no a Malula. Rólex yacía inerte, cubierto por la tela azul oscuro que recién se había quitado de encima. Se levantó y comenzó a correr hacia la salida con la mano en el hombro lastimado.

Empujó las puertas giratorias que daban al estacionamiento donde atardecía. El sol esparcía flamas rojas sobre el cielo aborregado que consumían lentamente su lana gris. Bajó corriendo las escaleras. Malula ya estaba adentro de su coche y trataba torpemente de alejarse lo antes posible. Le gritó con todas sus fuerzas que se detuviera, pero ella no lo oía o no le hizo caso. De un reversazo clausuró el faro delantero de su taxi. Con un arrancón que hizo rechinar las llantas pasó a un lado de la caseta, seguida de una huella de caucho embarrada contra el asfalto. Adrián corrió al taxi, se introdujo y metió la llave en el switch dispuesto a seguirla. Pero no tenía su bitácora. La había dejado en la biblioteca. Con la vista al frente como un garfio inútil y antes de perderse en medio de la oscuridad que se imponía, contempló cómo refulgían las calaveras.

De vuelta en el salón comprobó que Rólex seguía tendido. Parecía un cadáver bajo el mantel. Se acercó y le pateó una mano que volvió a caer inerte. Miró alrededor. Aunque el instituto parecía deshabitado, la sensación de ser observado adquiría una consistencia física. Sabía que lo mejor hubiera sido salir cuanto antes de ahí, pero no podía irse todavía. No sin encontrar el cuerpo de Fran.

Lo tendrían que haber ocultado en alguna zona que le fuera ajena. No eran muchas. Al llevar a cabo la mayoría de las tareas relacionadas con su investigación, se desplazaba por el edificio más que nadie. Decidió comenzar por el sótano. Era territorio del sindicato y sólo conocía el bioterio de Fran. Nunca había pisado las áreas aledañas al depósito de animales. Bajó las escaleras con cautela, alerta ante el menor movimiento.

Comenzó por la sala grande que servía de refectorio y área común. El olor no era propiamente el de una cocina. Una esencia pegajosa de mercado, de animalárium y de laboratorio recubría el recinto, como si el instituto rezumara las actividades que se llevaban a cabo en su interior y las condensara aquí adentro, filtrándolas desde los pisos superiores.

Tres grandes mesas rectangulares cubiertas de melamina anaranjada se alineaban en el centro, con bancas de madera a los lados para sentarse. Al fondo había un refrigerador, un lavabo y una mesa recargada contra uno de los muros con varios utensilios. Destacaba el gran cilindro metálico de una cafetera con capacidad para varios litros. Encima del grifo brillaba un pequeño círculo rojo indicándola encendida. A un lado, algunos tabiques de hormigón servían de base para dos juegos de hornillas eléctricas. Una de ellas ardía al rojo blanco bajo un enorme perol de peltre donde había algo cocinándose. Pensó que prepararían algún caldo para los estragos del convivio. ¿Cuánto podrían tardar en venir a servirse?

Un periódico estaba abierto por la mitad encima de una de las mesas anaranjadas, como si alguien lo hubiera hojeado recientemente. Se acercó. Vio que era el mismo ejemplar del *Así Pasó* que había traído ayer. Si en esa habitación estaba el periódico de Fran, él no debía estar demasiado lejos. Se sentó en una de las bancas para revisarlo de cerca. Tal vez por sentir que lo vinculaba con su único amigo, comenzó a pasar las páginas sin interesarse por ningún artículo, hasta que una imagen llamó su atención. Era la ampliación de una fotografía impresa en tinta marrón que ocupaba media plana del papel de mala calidad. Mostraba a una rata. Descomunal. Adrián comenzó a leer la nota sobre la incursión en La Merced.

—¡Ya comenzó!

Se levantó de un salto volcando el banco, dispuesto a correr sin saber a dónde o para hacer qué. El olor penetrante que salía de la olla lo había mareado. Por primera vez reparó en los casilleros del sindicato. Le pareció que las dos grandes filas metálicas que cubrían las paredes de los lados se le venían encima. Estaban formadas por muebles que llegaban al techo, con dos lóquers de más de un metro cada uno. Ahí debía haber algo.

Comenzó a revisarlos uno a uno, con la esperanza de que algún sindicalizado hubiera olvidado cerrar el suyo. Todos estaban asegurados con candados. Intentó fisgar por las rendijas que tenían en la parte alta, tres incisiones curvas que semejaban agallas de peces geométricos y grises. La forma en que se combaba el metal para crear cierta ventilación no le permitió ver nada. Hasta que llegó frente a un casillero cuya decoración a la altura de sus ojos le imantó la vista.

Estaba cubierto de fotografías. En todas aparecía Filemón abrazando querendón a distintas mujeres. Apenas las facciones de ellas o el fondo cambiaban: con Herli en la recepción, con otras chicas sindicalizadas en sus áreas de trabajo, con una güera oxigenada en Acapulco, con una muy jovencita en la feria. Pero en el centro había una que se veía mucho más reciente. Una polaroid. Como en las demás, aparecía Filemón con una mujer. Ella le devolvía el abrazo. Era Malula. En la misma sala donde Adrián miraba la foto. Llevaba un vestido blanco. Y sonreía.

Adrián sacó sus pinzas en V e intentó abrir el candado incrustándolas tan profundo como pudo. No cedió. Siguió forzándolo hasta que una de las puntas se dobló dentro de la cerradura. Dio un puñetazo sobre la lámina del casillero, que resonó contra las paredes del comedor. Con cierto trabajo tomó el banco de madera que había volcado y arremetió apuntando al cerrojo de metal. Falló causando una abolladura profunda en la parte baja del lóquer. Dio un paso atrás y balanceó su ariete de abajo hacia arriba. El extremo del banco se empotró en las rendijas del casillero inferior. Tirando con fuerza Adrián lo zafó, tomó vuelo y apuntando a la foto con Malula acometió el casillero de Filemón frontalmente. El impacto lo envió de espaldas, pero al izarse sobre los codos comprobó que la foto ya no estaba a la vista y la viga de madera se encontraba embutida en el aluminio.

Se levantó y jaló la banca hasta desprenderla. Un orificio en forma de estrella se abría hacia el interior. Pudo atisbar algunos volúmenes regulares adentro, pero la poca luz que entraba no le permitió distinguir bien qué eran. Metió la mano con cierto resquemor, cuidándose de los bordes que la intrusión del banco había dejado en el perímetro de su entrada. Sus dedos dieron con algo firme. Lo rozó indagatoriamente: cedía un poco bajo la presión de sus dedos. Deslizó el tacto de sus yemas de arriba abajo y notó que eran hojas amontonadas. Había algo raro en la textura del papel. Extendió la mano y palpó alrededor. Parecían ser varios montones bien ordenados. Sacó tantas como pudo estrujar sin lastimarse con las salientes de hojalata.

Desarrugó las hojas. Parecían ser de un material semejante al papel amate, pero más flexible y de tonalidad más clara. Los textos eran manuscritos tachonados, escritos en caracteres oscuros. Leyó la primera página que tenía enfrente. Dos veces. Pasó a la que seguía. Y a la siguiente, ojéandola apenas para ver las que venían después, dejándolas caer conforme las leía. Metió la mano y sacó una cantidad mayor. El volumen henchido de su puño hizo que el látex y la piel de uno de sus nudillos se rasgara contra la lámina.

Miró el nuevo puñado. Al igual que con el anterior, estaba seguro de haber visto algunos de los textos antes. O de haberlos escuchado. La mayoría de ellos tenía marcas entre los renglones y a los márgenes, como si fueran borradores en corrección. Varios eran correos electrónicos. Por lo menos uno o dos parecían ser los mismos que Malula le había dado. Sin importar el formato eran relaciones macabras, desventuras, narraciones de desaparecidos, riesgos a punto de cumplirse, anécdotas terribles. Y, también, historias de ratas. Abundaban en la parte superior del montón, como si fueran las más recientes.

Se detuvo en un texto que le llamó la atención. Era algo en las palabras, o tal vez en la letra. Una gota gorda de sangre le escurrió de la falange herida y rodó por lo blanco del guante hasta caer sobre la hoja que estaba viendo. En lugar de manchar la superficie pardusca, la gota roja se oscureció un poco más y se fijó en la cuartilla garabateada: formó una costra que pareció una tachadura más.

El texto era el mismo que aparecía en la nota del *Así Pasó*. Casi el mismo. Adrián tomó la cuartilla y la cotejó con la nota que aparecía abajo de la foto en el semanario esparcido sobre la mesa. Las correcciones aparecían incluidas en la versión del periódico: estaba ante el último borrador. Se detuvo a ver con mayor cuidado las anotaciones y la letra lo hizo temblar. La caligrafía torpe, trazada en mayúsculas con una letra gruesa, era la misma que había escrito "CALIENTE" sobre el pizarrón de su laboratorio.

Ahora tenía un punto de apoyo, algo que de inmediato imaginó como evidencia dura para su teoría. Necesitaba llamar. Se metió algunas de las hojas en las bolsas de la bata, arrebató el periódico de la mesa y subió corriendo a su cubículo.

El camino era fácil, tan sólo debía guiar el volante según el capricho de sus manos. No tenía idea dónde estaba. Un día antes su reacción al extraviarse por la ciudad a oscuras hubiera sido de pánico, pero ahora en cuanto se supo perdida se tranquilizó. Las calles habían perdido su sentido, todas la conducirían al mismo destino y lo sabía. A su alrededor todo era noche y luces de otros autos, un mar negrísimo donde las bujías rojas se encendían y revoloteaban como medusas. Malula parecía inmune a ese frenesí contagioso.

La luz de un semáforo ardió en rojo unos metros frente a ella. Después de pisar el freno sintió la inercia en el vientre. Escuchó algo a su lado derecho. Notó el seguro levantado sobre la puerta que se abría con rapidez, pero no comprendió sino al verlo arriba, sonriéndole mientras un tercer ojo la encañonaba.

La patrulla se le emparejó al lado. Adentro, otro agente de uniforme negro con galones dorados sobre los hombros también le sonreía bajo los lentes oscuros de marco dorado.

—A ver, güerita, oríllese a la orilla.

—Redacción.

—¿Quién cubrió la noticia de la rata en La Merced?

—¿La que salió esta semana? Pues debe haber sido alguien de la mesa. ¿Quién la firma?

—Ninguna de sus notas está firmada. ¿Todavía tienen el cadáver de la rata?

—Ah, sí, cómo no, lo tenemos ahí en nuestro depósito criogénico junto al de la gorda mutante de la semana pasada.

—¿Cuándo puedo pasar a verlo?

—No manche, ¿habla en serio?

—Claro que sí. Soy científico y ésa es la evidencia que me hace falta. ¿Cuándo puedo...?

—No, joven, ahí sí le vamos a quedar mal, porque me acabo de acordar que a la rata ya la tiramos. Es que empezaba a oler feo, ¿sabe? Hasta luego.

Adrián se quedó tieso ante el clic del auricular al que siguió un tono continuo que le penetraba el oído y al final del cual no quedaba nadie. Siguió con el auricular en la mano hasta que se le acalambraron los dedos y luego colgó. Sentía la cabeza como un estadio en pleno partido. Un sudor frío que le brotaba de la nuca se deslizaba por su espina dorsal como un caracol. El teléfono comenzó a sonar. La vibración de cada timbre se le inyectaba en los poros del cuerpo. Contestó. Era Malula, llorando.

Tan pronto Malula colgó el auricular del teléfono público, fue conducida de vuelta a la patrulla.

—¿A dónde vamos, jefe? —preguntó el cabo al volante.

—A donde te dé la gana, tenemos tiempo —dijo el sargento empujándola al asiento trasero. La pesada máquina se puso en marcha con un crujido.

La rata dormitaba adentro de la jaula después de haberse cebado toda la noche con la carne todavía fresca de Álex. Tan pronto Adrián abrió la puerta Miguelito se despertó, alerta, y se miraron un instante. Con calma, como midiendo los pasos, se aproximó al roedor. Por primera vez en su vida como científico pensaba darle un fin práctico a sus investigaciones.

Cualquier otro día Adrián hubiera pasado un largo rato cavilando sobre cuál sería la mejor manera de transferir y transportar a la rata. En esta ocasión introdujo sus pinzas con un movimiento ligero a través de la malla de la jaula y pescó a la bestezuela por su cola larga y rosada, sin siquiera cuidarse los dedos. A Miguelito no le agradó verse atenazado y atacó las puntas torcidas del instrumento con los dientes. Aun al ver que el metal no cedía mantuvo las mandíbulas apretadas mientras miraba de reojo a Adrián, quien sonrió aumentando la presión sobre las pinzas. Miguelito esperó inmóvil hasta que el antebrazo de Adrián comenzó a vibrar por el esfuerzo; entonces con una mordida tenaz cortó su propia cola. Regocijado en el pellizco, Adrián no esperaba esa reacción y saltó con las pinzas todavía adentro de la jaula, haciendo que ésta se balanceara. No alcanzó a detenerla y al ver que la caja de alambre iba rumbo al suelo, saltó el metro y medio que separaba la mesa de trabajo del piso. Aterrizó sobre la superficie plana en cuatro puntos al mismo tiempo que la malla rebotaba estrepitosamente contra el linóleo. Con suma cautela, Adrián estiró la cabeza para mirar. Miguelito no se veía por ningún lado.

La patrulla se movía con una pujanza veloz por calles pequeñas, evitando el tráfico que abarrotaba las avenidas principales. Avanzaba a gran velocidad, sin mostrar consideración alguna por los transeúntes o por otros automóviles, siguiendo solamente el paso de la animosidad que la dominaba. Tomaba curvas y bocacalles sin frenar, esquivando apenas los numerosos baches del pavimento, saltando con unas oscilaciones que desafiaban la resistencia de la suspensión reforzada.

Se le vio pasar cerca de un mercado sobre ruedas que vendía antojitos para llevar, sombreros charros y gorros con los colores patrios, banderitas, antenas del Chapulín Colorado, bigotes postizos, huevos con harina, serpentinas, confeti y fuegos artificiales; aunque estaba prohibida su venta, los marchantes sabían que esta patrulla no se los incautaría.

Con un movimiento sincronizado de cuello dos ancianos, que observaban sentados en sillas plegables sobre un camellón los preparativos de la colonia para dar el Grito, siguieron al vehículo mientras recorría un callejón hasta topar con el cementerio de trolebuses, daba vuelta en U y regresaba a contramano. Las señoras en la cola de la tortillería que abría hasta tarde lo vieron dirigirse, sin disminuir la velocidad, contra un tope gigantesco que habían puesto entre todos los vecinos. La carrocería de metal se sacudió al brincar sobre el lomo ovalado que enjorobaba el pavimento.

Entró a otra colonia donde grandes cantidades de material para la construcción se alineaban junto a un terreno baldío descomunal, en el que levantaban una unidad habitacional con dos recámaras, un y medio baño y cómodas mensualidades. El aire emblanquecía constantemente las calles colindantes al despeinar los montones de cal. Al verlos pasar un perro negro se comenzó a perseguir la cola en círculos.

Finalmente la unidad se detuvo ante un alto, evidenciando el movimiento tras los vidrios polarizados.

—¡No pare! —se escuchó gritar, entrecortadamente, una voz desde el interior.

El sargento miró por el retrovisor, sonrió y metiendo primera siguió adelante.

A Adrián se le erizó el poco vello que cubría su cuerpo. Un ligero cambio en la iluminación le indicó la llegada de alguien. Estaba en el marco de la puerta: bajo la axila apretaba un pequeño tanque de gas conectado a un mechero de Bunsen encendido en la mano derecha. La flama azulada parecía una lengua delgadísima y sedienta que se estiraba tratando de alcanzar algo que lamer. En la izquierda, su bitácora. En los labios, más amplia que nunca, la sonrisa de Rólex.

—¿Buscaba esto, doctor Ustoria?

Adrián sintió miedo, mucho más que en cualquier momento de los días anteriores. Se encontraba completamente a merced de Rólex y éste lo sabía.

—Deje eso. No sabe lo que tiene entre las manos.

—¿Ah, no? Lo sé perfectamente. Tengo lo que usted quiere —aproximó las dos manos, poniéndolas a la misma altura. La flama silbó como relamiéndose—. Lo que usted más quiere en el mundo, según ha demostrado.

—Si esa bitácora arde, nosotros pronto correremos la misma suerte. Nada podrá detener lo que viene.

—¿Y de veras cree que puede detenerlo, doctor? ¿Está haciendo un último intento por convencerme de que su trabajo sirve de algo? Me imagino que ya debe saberlo: aunque parezca imposible, alguien más está interesado en lo que usted ha escrito, y creo que voy a agilizar la entrega.

—Así que usted está detrás de todo esto.

Rólex soltó una carcajada.

—Si tan sólo supiera quién —contestó con una indiscreción que pagaría cara—. Pero dudo mucho que llegue a enterarse: usted está ya pedido y concedido.

—¿De qué habla? —Adrián buscaba ganar tiempo.

—De sus amigos del sindicato.

—Sigo sin entender —sin mover la vista de las manos de Rólex escrutaba el piso con el rabillo del ojo. No alcanzaba a notar ningún movimiento.

—¿Hace cuánto que no ve a otro investigador por aquí, doctor Ustoria?

—Hoy. Usted mejor que nadie sabe quién.

Rólex rió. La flama le doraba la dentadura amarilla y le colocaba una sombra gigantesca a las espaldas.

—Por supuesto, pero aunque sé lo difícil que le resulta, tratemos de olvidar por un momento a la doctora Maldonado —descartó Rólex—. ¿Cuándo fue la última vez que se topó con uno? ¿Hace una semana? ¿Hace un mes?

—No tengo idea. Nadie quiere cruzarse conmigo desde que comenzó su campaña en mi contra.

Rólex lo miró con escarnio.

—Usted nunca da una, doctor. El jefe se tuvo que haber equivocado al elegirlo. La razón es muy distinta. Yo sólo supervisaba el proceso, pero me encargué de que su amigo, el doctor Morán, fuera el primero. Poco a poco a los demás también les llegó el turno de brindarnos materia prima y reconocer quién es el macho alfa de este instituto. Ahora sólo falta usted, pero nuestro patrón quiere tratarlo distinto. Me temo que ha perdido el rumbo, así que deberé hacerme cargo. No lo tome a mal, doctor, usted mejor que nadie debería entenderlo. Hay que asegurar el dominio sobre el territorio.

Rólex puso una mano debajo de la otra. Su sonrisa reflejó el principio de la combustión, pero esa masa gaseosa se desplazó en una bengala horizontal cuando Miguelito acometió su mano derecha. A pesar de tener los dientes de la rata hincados entre el pulgar y el índice, Rólex consiguió tomar el tanque de gas con la izquierda y aplastar a Miguelito contra el piso. El mechero se había apagado con el ataque, pero una tenue luz seguía crepitando. Una esquina de la bitácora había agarrado fuego. Adrián se dispuso a saltar para extinguirla, cuando un revés del tanque lo lanzó de espaldas sobre la mesa. El golpe lo hizo ver una mancha oscura en el interior de su frente, que se agrandó hasta convertirse en el techo girando alocadamente ante sus ojos. Antes de desmayarse supuso que en cualquier momento aparecería Rólex en medio de la espiral para rematarlo.

Uno de los cristales traseros bajó unos centímetros. La mano de Malula apareció por la abertura y en un ademán que relució contra el vidrio polarizado, arrojó los pedazos de una nota cruzada de jeroglíficos. El viento que ayudó a propagarlos alcanzó a rozar sus dedos en las orillas del papel.

Se incorporó perturbado. El dolor de cabeza hacía más vívido el último jirón de una pesadilla en la que una manada de ratas lo tenían cercado y comenzaban a cerrar el círculo. Abrió los párpados como si levantara dos viejas cortinas de lámina. Antes de que sus pupilas enfocaran con precisión lo que veían, pudo distinguir varios ojillos enrojecidos sobre sí. Clotilde, Herlinda, Filemón, Nava y otros sindicalizados lo rodeaban observándolo. Divertidos. Expectantes. Pasándose la lengua sobre los labios resecos.

—No hay nada qué hacer —dijo Cloti.
—Está protegido —murmuró Herli desilusionada.
—¿Protegido por quién? ¿De qué hablan? —preguntó Adrián todavía aturdido.
—El secretario ya nos había dado autorización, pero las órdenes superiores están de su lado —le dijo Nava.
—Mire, hasta le salvamos su cuadernito —agregó Herli mostrándoselo.

Tan pronto los había visto a su alrededor, la mente nublada de Adrián barajó la posibilidad de que el sindicato tuviera a Malula, pero descartó la hipótesis cuando vio que ya tenían en su poder el rescate exigido. Para su alivio la bitácora sólo se veía chamuscada en un extremo.

—Le tuvimos que meter mano para apagarla.

—No fue a lo único, doc —se jactó Filemón y los sindicalizados prorrumpieron en una carcajada carroñera.

Por primera vez Adrián se percató del bulto rosado que había contra la pared. Era Rólex. Estaba desnudo, sentado y muy quieto. Ni siquiera hablaba. Y ni siquiera, por primera vez en su vida, sonreía. Le era físicamente imposible, pues lo habían inmovilizado con repetidas vueltas del plástico transparente que servía para sellar los frascos de solventes, envolviéndolo de los pies hasta la nuca. El único movimiento que se notaba, aparte de los bufidos que le dilataban las aletas nasales, era la tensión de sus músculos tratando inútilmente de zafarse.

—No se preocupe, es el procedimiento estándar.

—Así se suavizan.

—Ya tenemos experiencia.

—Después de tantos, ¿cómo no?

—Pero el secretario está a su disposición.

—También son órdenes; pero le proponemos un cambio.

—Le damos su ratón y su cuadernito. A cambio usté nos deja a Carrillo.

—Acá nomás, de buena voluntad.

—Nos dijeron que usté decidía.

—Piense que casi se truena a su mascota, doc, pero se ve que es resistente.

—No se preocupe, los muchachos se la cuidaron.

—La curamos y la pusimos de vuelta en su lonchera.

—Ahora sí ya se puede ir a su cita.

—¿Qué dice? ¿Le parece el trato?

Adrián observó la mirada suplicante con que Rólex le imploraba desde su cautiverio.

—Hecho.

Le entregaron primero la lonchera. Tan pronto la tuvo en sus manos se dispuso a maniobrar el seguro para revisar el estado de Miguelito. Lo necesitaba despierto.

—Yo que usté no me asomaba. Después del catorrazo se ve que anda de malas.

Herli le entregó la bitácora. Adrián sacó los folios pardos de su bata.

—Miren, tiene unos de nuestros textos.

—¿Cómo le quedó el ojo? Nosotros también escribimos.

—Y aunque usted no lo crea, lo hacemos para la misma causa.

—Sólo que nosotros tenemos otro contrato.

—Ya sabe, siempre los derechos laborales por delante.

—Las prestaciones son de primera.

—Bien jugosas.

Adrián deslizó el pulgar sobre las cuartillas apergaminadas.

—¿Qué hicieron con Fran?

—¿A poco se asomó a la olla?

—¡Qué morboso!

—¿Todavía que no se la vamos a aplicar quiere saber?

—Es que es científico.

—¿Cómo le diremos? Es parte del proceso.

—Hacemos nuestra propia pulpa.

—Después de dejar la materia prima bien seca.

—Así sacamos el papel especial en el que escribimos.

—Y desde el principio tiene ya las emociones que buscamos transmitir.

—Lástima que no se puede quedar a ver el procedimiento, tiene que irse ya para su cita.

—Es muy importante —concluyó Nava con sorna.

Intercaló los folios entre las hojas de su cuaderno y lo colocó entre el pantalón y la espalda. Antes de dirigirse a la salida, Adrián lanzó una última pregunta:

—¿Si no era Rólex, quién es su patrón?

—Ya se lo dijimos antes.

—Usté es el investigador, ¿no, doc?, pues averígüelo.

—¿Y cómo voy?

—No, pus ahora sí está que se quema.

Los sindicalizados estallaron en una risa colectiva de jadeos guturales. La lonchera vibró ligeramente en la mano de Adrián. Le pareció que Miguelito se les unía desde adentro.

Debía salir lo antes posible, no podía saber cuánto tiempo había pasado desde que Malula había llamado. Pero antes tenía una última cuenta que saldar. Se dirigió a las escaleras. Bajó al sótano y trotó hasta el refectorio del sindicato. La olla seguía hirviendo. Le dedicó una mirada luctuosa y procedió. Se acercó al casillero de Filemón. Metió la mano y no sin algo de compasión gremial extrajo otra de las hojas pulposas. La introdujo entre el cazo y la hornilla encendida hasta que una flama indecisa mascó el margen superior, soltando un humo pesado y muy negro. Devolvió el papel llameante al casillero. La cremación no tardó en hacerse notar no sólo en las volutas untuosas sino en algunas flamas que, como el olor a chamusquina, se insinuaron primero en la curva de las rendijas, reptaron a los casilleros aledaños y treparon oscilantes por las paredes. Dentro de la lonchera la rata emitió un chillido profundo y largo, cercano a un aullido.

Al salir de ahí pasó al bioterio de Fran. Lo primero que hizo fue forzar el regulador circadiano a que marcara "día". Las luces se encendieron de un candilazo. Ya fuera la alteración en el ciclo, el humo que comenzaba a penetrar en el animalárium, el gañido de la rata o las tres cosas juntas, los especímenes en cautiverio armaban más alharaca que nunca, saltando de un lado a otro de sus jaulas entre exclamaciones ferales.

Los contempló en silencio. La mayoría de los animales habían sido inoculados con los virus y bacterias estudiadas por las distintas líneas de investigación microbiológica del instituto. Ninguno de ellos había comido en por lo menos dos días. A un lado distinguió la consola que controlaba las cerraduras; bajó los *switches* a manotazos. Conforme las puertas se entreabrían en ráfagas cortas, los animales se pasmaban dentro de sus jaulas. Era imposible calcular cuánto tardarían en familiarizarse con el concepto de libertad.

Antes de salir rumbo a la cita, Adrián no pudo evitar subir a su laboratorio. Espió cautelosamente desde el marco de la puerta. Mientras los demás esperaban turno relamiéndose, Rólex tenía a Herli encima, lacrándole la suerte con un beso cárdeno del cual no podría desprenderse.

A pesar de los últimos obstáculos y de los embotellamientos hipertróficos de las fiestas patrias, Adrián llegaba puntual. Se detuvo a unas cuadras del sitio indicado para la entrega. No podía saber si lograría conservar su bitácora unos minutos más tarde, pero de cualquier forma necesitaba concluir. Extrajo el cuaderno de su espalda y apoyándose en el volante del taxi comenzó a garabatear.

15 de septiembre
No se evoluciona para cualquier lado, atolondradamente. Si hay un origen de la vida, tiene que haber también un lugar de llegada, un destino, y por lo tanto debe ser posible identificar una ruta y su itinerario. En eso la doctora M. Maldonado tiene razón, hay algo que está fuera de lugar.

Dentro de la ruta evolutiva de esta ciudad los eventos acontecidos en el instituto parecen encadenarse con cada acto de agresión, cada desplante de indiferencia, cada hecho violento, cada crimen que se comete, cada rumor esparcido; como si todos juntos no fueran sólo actos de maldad aislados, independientes unos de otros, sino precisamente las evidencias de que también hay un ciclo que crece al cumplirse, un plan, un propósito que conecta cada una de estas manifestaciones.

Darwin dijo que no podía creer en un Dios benéfico y omnipotente que hubiera creado a una avispa como la Ichneumonidae, *con la expresa intención de que ella y sus crías se alimentaran con el cuerpo todavía vivo de las orugas. Tal vez no se jactaba de su ateísmo, sino señalaba algo más específico, otro origen. En algún momento, el mal produjo un descarrío en el curso evolutivo original, que nos precipita hacia el holocausto. Lo único que queda por esclarecer es el origen de esa desviación.*

Adrián reconoció el lugar de la cita unos metros antes de detenerse: era el mismo puente donde me había encontrado la primera vez. La avenida que cruzaba por debajo iba apeñuscada de tránsito. Sobre el puente el único vehículo era la patrulla estacionada sobre la banqueta, a un lado de la barra amarilla de concreto. Había alguien al volante. Adrián se bajó despacio, la lonchera lista en la mano izquierda y la bitácora oculta contra el coxis.

—Quieto, papacito, todo va a salir bien, nomás no te pongas nervioso. A ver, trae pacá —sintió una mano que buscaba arrebatarle la lonchera, pero se aferró del asa y la sacudió con brusquedad.

—Primero quiero verla.

El sargento lo miró un segundo, divertido. Luego estiró el brazo señalando.

—Allá, en la patrulla.

Se volvió en la dirección indicada. Ante una seña del oficial, el cabo salió del interior del auto con Malula. Sus ojos se encontraron; Adrián sintió que se quemaba.

—Nosotros cumplimos. ¿Tú trajiste lo que te pedimos?

—Sí.

—Así me gusta, tratar con hombres de palabra, como uno.

—Se las voy a entregar cuando ella suba al taxi —lo atajó Adrián.

—Faltaba más.

Ambos caminaron en dirección al Volkswagen verde. Cuando Adrián le abría la puerta a Malula, el sargento agregó ceremonioso:

—Fue un verdadero placer.

—Nomás pregúntale a tu chava —agregó el otro uniformado.

Adrián cerró la puerta tras Malula y posó el guante de látex sobre el seguro de la lonchera. No me dejaba alternativa. Además, era hora de manifestarme. La ambulancia entró como si siempre hubiera estado ahí. La sirena en silencio y la llovizna que comenzó a caer la hacían relucir todavía más. El haz de luz de la torreta fulgía como un faro, intercalando tonos blancos y azules.

Las ventanillas les quedaban demasiado altas para verme, pero sus oídos siguieron atentos el abrir y cerrar de la puerta del piloto, y luego los pasos desiguales dando la vuelta para llegar ante ellos. Bajaron la cabeza como si perdieran el conocimiento. Sólo en el semblante todavía altivo de Adrián se consumía la duda previa a la certidumbre. A pesar de lo fugaz de nuestro encuentro previo, no había manera de que lo olvidara; pero esta vez comprendió. Si Él se mueve de maneras misteriosas, ¿qué se podía esperar de mí? Fue más rápido que con Malula. En cuanto sus ojos se reflejaron en los míos y su incredulidad cedió. Supo ante quién estaba. Por fin había dado con el origen del mal que asolaba a la ciudad.

—Vamos bien, pero para que un resultado sea el previsto hay que controlar hasta el mínimo detalle, ¿no es cierto, Adrián?

Estiré la mano. Adrián me entregó la lonchera sin chistar. Malula había salido del taxi y estaba a su lado. El cabo se encorvó aún más cuando sintió que seguía él.

—¿Sabes qué pasaba si la abría él, no? ¿Querías echar todo a perder?

—No, don Lucio, ¿cómo cree? —temblaba convulsivamente.

Al tronar los dedos, la tapa de la lonchera cayó abierta. Se escuchó un ligero chistido y Miguelito movió los bigotes. Saltó al suelo y después de aterrizar con suavidad miró a la pareja que había ayudado a reunir. Se paró en las patas traseras mientras olisqueaba la orilla del vestido de Malula, quien se plegó rígida al cuerpo de Adrián.

Devolvió las patas delanteras al suelo y después de mirarlos una vez más se encarreró hacia el mismo borde por el cual se había descolgado Adrián dos noches antes. Brincó a la avenida que cruzaba por debajo del puente y sin que lo turbara el impacto de la caída corrió entre los coches, chillando su risa histérica.

—Ahora sí. La bitácora —Adrián sabía que no podía resistirse. La extrajo y me la tendió. Incluso yo sentí un ligero cosquilleo al tocarla. Por fin estaba en mis manos, casi terminada.

—Ustedes dos —seguían abrazados—. No quiero que lleguen tarde —Malula tomó con naturalidad las llaves de la ambulancia y lo condujo hacia ella.

—Y ustedes los escoltan hasta allá.

El sargento y el cabo asintieron con humildad y abordaron su patrulla. Malula abrió la puerta para Adrián y antes de ocupar su lugar tras el volante se despidió de mí, sonriente.

Entre los carriles rayados sobre el suelo, las luces rojas de los autos se alineaban en hileras de dos en dos, como los focos de una pista de aterrizaje. A pesar de que la aglomeración de automóviles parecía haber sido disecada, la ambulancia lograba abrirse paso precedida por el brío de la patrulla. Adrián reconoció la ruta. Era la misma por donde lo había llevado el taxista hacía exactamente dos días. Las implicaciones del encuentro comenzaron a decantarse en su análisis y a cubir los huecos de su teoría.

—Vamos al Zócalo, ¿verdad?

—¿Cómo supiste? —preguntó Malula intrigada.

—Todo encaja ahora. Todo menos tú.

Malula levantó y dejó caer los hombros.

—Ni siquiera me pasó por la cabeza que tuvieras que ver.

—Recién, Adrián, no me guardes resentimiento. A fin de cuentas los dos nos involucramos. Cada quien en su parte. Yo en el cómo. Tú tras el porqué. Tómalo como un reconocimiento a tu talento.

—Tenemos que hacer algo, aunque sea prevenir a la gente.

Malula rió con su risa de niña de seis años como si fuera una mañana cualquiera en el laboratorio.

—¿Crees que te harían caso? No vas a decirles nada que en realidad no sepan. Y tú sabes bien que es demasiado tarde, no hay nada qué hacer. El curso evolutivo puede descarriarse, pero no volver atrás —mientras conducía, Malula tomó la manó enguantada de Adrián en la suya—. Confía en mí, Adrián. Ahora estamos en esto juntos. Hasta el final.

Sobre la banqueta la gente avanzaba apresurada. Faltaban unos minutos para las 11 de la noche y el Grito. El ambiente de fiesta bullía en el aire entre ruidos de matracas, silbatos y las notas roncas que emitían las cornetas de estadio. Había quienes se protegían del frío envueltos en grandes banderas que los cubrían de verde, blanco y rojo, centrándoles en la espalda el águila devorando a la serpiente. Los colores patrios también se hacían presentes en el vestir de la gente, varios portaban la playera de la selección nacional y algunos más hacían ondear banderas de menor tamaño. El barullo humano se sumaba al ruido de los motores bufando, formando una barahúnda de rebaño en movimiento.

Cambiando de un carril a otro, ganando una ventaja mínima con cada desplazamiento, ambos vehículos avanzaron algunas cuadras hacia la Plaza de la Constitución. Cada tanto el metro los rebasaba naranja por el lado izquierdo. La torreta iluminaba con los movimientos ondulatorios de sus luces los rostros impacientes a su alrededor. Los pasajeros veían cada vez más cerca el riesgo de tener que dar el Grito confinados entre los cristales de sus coches.

Un retén de policía bloqueaba el paso. Cuando vieron al convoy acercarse, las patrullas que barricaban la calle se hicieron a un lado para dejarlos pasar. Los agentes que desviaban el tráfico hacia Fray Servando con señas de sus guantes blancos los saludaron al pasar. Adrián saludó de vuelta con su mano cubierta de un látex manchado y roto.

Ningún otro coche circulaba a esa altura. La pequeña procesión motorizada sólo pudo acelerar un poco, pues los cuatro carriles eran ocupados por gente que caminaba hacia el Zócalo en sentido contrario al que indicaban las flechas sobre el pavimento. Las luces bicolores de la ambulancia iluminaban pequeños torbellinos de polvo y gotas de agua que las llantas levantaban al deslizarse sobre el asfalto humedecido. La tenue fricción del caucho contra el pavimento producía un ruido sibilante, que pedía silencio inútilmente, pues el ronroneo sordo del enjambre congregándose aumentaba de volumen conforme llegaban a la plaza.

Más patrullas detenían el paso. Detrás de ellas una valla blanca donde, previo cateo, la gente entraba a la plaza de uno en uno. En las entradas a cada extremo de la barrera la gente confluía y se estancaba como remolinos de una corriente caudalosa ante una pequeña desembocadura. Había que mostrar el contenido de bolsas y mochilas. Junto a los accesos había un alto montón de objetos decomisados: sobre todo botellas de bebidas alcohólicas, botes a presión con serpentina plástica y nieve artificial, paquetes de harina reventados que junto con la llovizna formaban una masa blanquecina. Malula detuvo la ambulancia en medio de la calle, a unos metros de la barrera. La unidad que les abría paso y los escoltaba hizo alto.

—Aquí es donde nos bajamos —le indicó a Adrián.

Salió de la camioneta, la rodeó y le abrió la puerta. Los dos policías de uniforme negro se acercaron. Sin decir una palabra se colocaron a un metro de distancia para que Malula y Adrián pasaran entre ellos. Los saludaron llevándose una mano a la boina mientras los policías que guardaban la valla abrían un hueco para que ingresaran directo a la plaza.

Malula volvió a tomar la mano de Adrián.

—No te vayas a separar de mí —le advirtió.

Dieron dos pasos y se encontraron sumidos en la marea de gritos, codos, sombreros de paja, impermeables de plástico azul, tufos alcohólicos, manos que se alzaban para lanzar harina y olores de fritangas. A su lado un niño estrellaba un huevazo de harina contra una viejita que bajaba la cabeza por el impacto.

—¡Chamaco maldoso! ¡Nomás que lo agarre!

Pero el niño de pelo corto y playera a rayas se había escabullido entre carcajadas y las piernas de los demás.

Las gradas que Adrián había visto instalar se encontraban completamente llenas de gente que miraba hacia adentro del primer cuadro. En el centro ondeaba la bandera al final del poste descomunal y blanco. Circularon a la deriva, andando a un ritmo involuntario y uniforme donde ya no era posible más gente en movimiento.

Una señora se acercó con un niño envuelto en brazos.

—¿No compra? —les preguntó ofreciéndoles el bulto. Abrió la cobija del bebé. Donde debía ir el rostro asomaban frascos de nieve artificial a presión.

Continuaron acercándose a la Catedral, hasta llegar al lado de algunos puestos de comida —elotes, sopes, tamales, mollejas de pollo— con estructura de tubos negros que se cubrían de la llovizna con toldos color rosa mexicano. Un movimiento caprichoso del tumulto estuvo a punto de volcarlos sobre una cazuela de aceite hirviendo. Adrián jaló a Malula a tiempo, pero el aceite se regó por el piso junto con el resto de las ollas. Hubo algunas imprecaciones apenas audibles y luego el espacio fue devorado por nuevas pisadas.

—Ya falta poco —anunció Malula.

Adrián creyó que volvían sobre sus pasos, en un círculo que se empequeñecía al cerrarlo. El aire húmedo y caliente se le adhería al interior de los pulmones como saturado de sal, de fósforo. Cada inhalación en la plaza parecía friccionar el ambiente, caldearlo.

El Palacio Nacional resplandecía más que los otros edificios que limitaban la plaza. La mayoría de sus balcones estaban abiertos, al igual que en el edificio del gobierno del Distrito Federal; hombres vestidos de traje y mujeres de largo se asomaban desde ellos. Enfrente, sobre el hotel Majestic y el de la Ciudad de México, varias docenas de cabezas diminutas se apiñaban contra el pretil de las terrazas entre sombrillas que se veían como adornos de coctelería. Las ventanas de las habitaciones con vista al Zócalo mostraban pequeñas fiestas privadas de las que cada tanto salía gente para mirar hacia abajo. La Catedral era el único edificio que se alzaba silencioso, preparando las campanas.

Adrián y Malula se abandonaban a la trayectoria que la marea de gente les marcaba. Los ruidos de cornetas y matracas resonaban cada vez con mayor fuerza y se amplificaban estentóreamente dentro el cerebro de Adrián. La reverberación del zumbido le hacía sentir un regusto acre que le nacía en el principio de la garganta. Tragó saliva y la herrumbre aumentó. Lo intentó de nuevo, pero el sabor no desaparecía. La "S" de la tabla periódica le llegó a la cabeza de golpe.

Una especie de bramido empezó a arrebolarse en el aire viciado que sometía a la plaza. El incremento de miles de *watts* en la iluminación dirigió la atención de la muchedumbre hacia el balcón presidencial. Cientos de miles prorrumpieron en silbidos apretados en una sola mentada de madre que reventó en rechiflas irregulares. La arenga comenzaba. Al girar con el resto, Adrián miró en dirección a la esquina sureste de la plaza.

—¡Está a punto de comenzar! —gritó Adrián levantando la mano con el dedo índice horizontal—. ¡Mira!

Malula contempló la mano de Adrián. Una señora y su marido que estaban al lado miraron en la dirección del guante blanco. Luego un grupo de chavos a la derecha y la familia que estaba atrás de ellos. Cada mirada que tocaba el índice de Adrián, fijo como una flecha, lo seguía y buscaba a lo que apuntaba, arrastrando otras miradas consigo. Alrededor de su indicación comenzó a crecer un silencio que desequilibraba lo que sucedía en el resto de la plaza. Ya eran un par de cientos de personas las que se paraban de puntas para inspeccionar, mientras trataban de moverse en el sentido contrario. Malula jaló a Adrián que siguió signando con insistencia.

Un clamor cada vez más débil respondía a los gritos que venían de Palacio Nacional. Ahora el empujón se había generalizado como el medio para conseguir alejarse del sitio que ellos se empeñaban en alcanzar. La corriente de gente iba en aumento y debían inclinar el cuerpo hacia adelante para resistir sus acometidas. El progreso era nulo, ganando pulgadas a empellones, braceando contra lo que comenzaba a ser una resaca cada vez más embravecida. La concentración de gente disminuía al mismo tiempo que aumentaba la velocidad con que pasaba a su lado, impactándose contra ellos. Apenas lograron llegar hasta la entrada del Metro Zócalo sobre la plaza. Ahí, cuando el pánico de la turbamulta se había vuelto epidémico, comenzó. Una procesión interminable que se extendía más allá de la oscuridad. Miles, millones de ojillos destellando contra la noche, incendiándola, como fuegos artificiales al ras del suelo que se abalanzan sobre la gente en una persecución desenfrenada.

Los rasguños de luz inundan la plaza. Son legión. Una marea incontenible que crece y se disgrega: corren más rápido que el gentío, les saltan encima, se les montan dos, tres, diez, los hacen caer, los mandan al suelo entre gritos de pánico. Han cerrado las salidas de la plaza, cercan a las aglomeraciones que se agolpan tratando de escapar: y se ceban en ellas.

La turba retrocede y al buscar una abertura por dónde librarse atiza la conflagración. Las flamas con que refulgen los ojos tienen sitiada a la plaza, la abrasan; el fuego que les arde comienza a trepar, se disemina sobre la ropa, come las fibras, hasta incrustarse en la mirada como dos ascuas donde se calcina con el miedo y se esparce contagioso, endémico. El suelo se cubre de zapatos, suéteres, banderas y otros objetos que alimentan la pira. Dos grupos de flamas se arrebatan un bulto envuelto en una cobija. Ancianos vestidos de blanco caminan sin saber por dónde escapar. Tratan de proteger a dos niños solos que rompen en llanto. Su suerte está echada. Miles de gritos se suman, los gemidos se amarran y giran en una espiral que como el humo sube al cielo: y se dispersa. Pueblo pabilo y pábulo.

El primer cuadro está en llamas. Las brasas se han avivado y siguen su ascenso. No sólo devoran a la gente, los edificios comienzan a incendiarse. La piedra parda crepita como madera vieja. El fuego es una marejada que restalla contra los límites de la Plaza de la Constitución, saltando a las ventanas, metiéndose por las puertas. El Palacio Nacional es el primero en arder. Los pendones y adornos ayudan a que el fuego se encarame, se derrame por los balcones, corra por los pasillos donde encuentra alimento para crecer.

Siguen los hoteles. En lo que tardan en agarrar lumbre cortinas y sábanas, el edificio del gobierno del Distrito Federal ya es una fogarada. Enfrente la Catedral y el Sagrario, que parecían incólumes a las partículas incandescentes, se prenden en un santiamén. La luz oscilante dora lo dorado con su paso, los altares se funden como si fueran de cera, bañando en su oro fugaz los muros que sostienen el peso convulso de la estructura.

En el cielo un cuarto de luna creciente sonríe con un frío afilado de guadaña. Las oscilaciones de calor se transforman en un torrente flamígero que avanza por las calles que surgen de la plaza. Sus costados se estremecen ante esta fuerza que no alcanzan a contener. El viento ruge y las chispas saltan a las siguientes manzanas. El fuego se expande a los cuatro puntos cardinales.

La pira gigantesca hunde todo a su paso como una exhalación de la materia que expira; en minutos habrá acabado con todo. Se expande fecunda, se impregna y se replica por donde pasa. Se nutre con las mercancías de los aparadores, las mesas y sillas de los restaurantes. Los talleres, las tiendas, las bodegas, las librerías de Donceles, las imprentas de Santo Domingo. El licor enfrascado en botellas sobre las barras de las cantinas estalla avivando este reflujo canicular.

El tezontle de las construcciones retorna a un magma espeso e incandescente. Las estructuras de siglos y los puestos callejeros se inflaman como si estuvieran constituidos del mismo material. Van cayendo el Museo de la Ciudad de México y el mercado de Sonora, que como la ciudad es un bioterio adusto; el Banco de México y el edificio de Correos crepitan. El fuego cruza Eje Central: Bellas Artes está en llamas y éstas saltan sobre la Alameda hasta desembocar por Reforma. Arde Tepito entero mientras se incineran la Casa de la Primera Imprenta y la Plaza de la Soledad.

El fuego vuelve hermosos los cuerpos que devora. Nunca antes la ciudad de México se había visto tan majestuosa. Las cenizas se condensan en el aire como evidencia de lo sucedido y de lo que sigue: esto es apenas el comienzo. Toda metrópoli es propensa a las llamas y arderá ante los ojos de sus habitantes.

En las escaleras que bajan al metro Adrián y Malula se funden en el beso que los une con la multitud que ayudaron a encender. La palabra escrita queda como una invocación para que algo se cumpla. Ellos trazaron sobre el cuerpo de la ciudad estas líneas, esta mecha de sombras entrelazadas con tinta oscura e incendiaria. Su historia ha sido un último rumor escrito sobre la fibra todavía palpitante de ambos, propagada por el mismo viento dactilar que ha esparcido el fuego al pasar las hojas de este manuscrito.

Las anotaciones de Adrián me han sido fundamentales. Ahora mi caligrafía se impone sobre estos apuntes, pero una sombra nunca es totalmente fiel al cuerpo del que se desprende; he alterado las escrituras hasta corromperlas. En el principio fue el verbo, el verbo denota acción y las acciones aquí hiladas declinan conforme a mis propósitos.

La combustión está a punto de culminar. Esta bitácora se escribe con pólvora humana, acumulada en las resinas salitrosas del sudor segregado por el miedo de millones, en el carbón casi sólido que ensucia las moléculas del aire, en la complicidad indiferente de no haber hecho nada por cambiar las cosas, sino al contrario, por ponerse de mi lado, por haberme seguido hasta aquí; yo sólo he añadido el azufre.

Malaventurado quien esto lea, pues ha de ser el detonador. Advertido quedó desde la primera línea, que comenzó a arder bajo el roce de su mirada. Ahora llega al final de esta mecha umbría que penetra sus pupilas con mi simiente. Está a punto de consumirse. Como la ciudad y esta bitácora, usted será pasto de las sombras al terminar de leer esta oración.

Sus ojos son fuego, de Gonzalo Soltero, se terminó de imprimir y encuadernar en noviembre de 2007 en Impresora y Encuadernadora Progreso, S. A. de C. V. (IEPSA), Calz. San Lorenzo, 244; 09830 México, D. F. En su tipografía, parada en el Departamento de Integración Digital por *Juliana Avendaño,* se emplearon tipos Berkeley Book de 18, 14, 11 y 10:14 puntos. La edición, que consta de 1 000 ejemplares, la cuidó *Gerardo Cabello.*